宋詩精華録

陳衍 著

貴州出版集團
貴州人民出版社

圖書在版編目（CIP）數據

宋詩精華録 / 陳衍著 . -- 貴陽 : 貴州人民出版社 , 2024. 9. -- ISBN 978-7-221-18619-5

Ⅰ . I222.744

中國國家版本館 CIP 數據核字第 202413NU71 號

宋詩精華録

陳　衍　著

出 版 人　朱文迅
責任編輯　馬文博
裝幀設計　采薇閣
責任印製　衆信科技

出版發行　貴州出版集團　貴州人民出版社
地　　址　貴陽市觀山湖區中天會展城會展東路 SOHO 辦公區 A 座
印　　刷　三河市金兆印刷裝訂有限公司
版　　次　2024 年 9 月第 1 版
印　　次　2024 年 9 月第 1 次印刷
開　　本　710 毫米 ×1000 毫米 1/16
印　　張　15.25
字　　數　92 千字
書　　號　ISBN 978-7-221-18619-5
定　　價　88.00 元

出版説明

《近代學術著作叢刊》選取近代學人學術著作共九十種，編例如次：

一、本叢刊遴選之近代學人均屬于晚清民國時期，卒于一九一二年以後，一九七五年之前。

二、本叢刊遴選之近代學術著作涵蓋哲學、語言文字學、文學、史學、政治學、社會學、目録學、藝術學、法學、生物學、建築學、地理學等，在相關學術領域均具有代表性，在學術研究方法上體現了新舊交融的時代特色。

三、本叢刊遴選之近代學術著作的文獻形態包括傳統古籍與現代排印本，爲避免重新排印時出錯，本叢刊據原本原貌影印出版。原書字體字號、排版格式均未作大的改變，原書之序跋、附注皆予保留。

四、本叢刊爲每種著作編排現代目録，保留原書頁碼。

五、少數學術著作原書内容有些許破損之處，编者以不改變版本内容爲前提，稍加修補，難以修復之處保留原貌。

六、原版書中個别錯訛之處，皆照原樣影印，未作修改。

由于叢刊規模較大，不足之處，懇請讀者不吝指正。

目録

宋詩精華錄

敍

孟軻氏有言曰。由湯至於武丁。賢聖之君六七作。又曰武丁朝諸侯。有天下。猶運之掌也。詩車攻小序云。宣王能內修政事。外攘夷狄。復文武之境土。修車馬。備器械。復會諸侯於東都。此言殷周二代之中興也。其事雖大。可以喻小。詩文之中興。何莫不然。清袁簡齋文人之善謔而甚辯者也。有數人論詩。分茅設蕝。爭唐宋之正閏。質于簡齋。簡齋笑曰。吾惜李唐之功德不逮姬周。國祚僅三百年耳。不然。趙宋時代。猶是唐也。由斯以談。唐諸大家。譬如殷之伊尹仲虺伊陟巫咸。周之周公太公召公散宜生南宮适。宋諸大家。譬如殷之甘盤傳說。周之方叔召虎仲山甫尹吉甫矣。然吾之選宋詩。抑有說焉。虞書曰。詩言志。歌永言。聲依永。律和聲。八音克諧。無相奪倫。倫理也。孟子所謂始條理。終條理也。虞書又曰。戛擊鳴球。搏拊琴瑟以詠。下管鼗鼓。合止柷敔。笙鏞以閒。故禮曰。歌者在上。匏竹在下。貴人聲也。詩曰。鞉鼓淵淵。嘒嘒管聲。既和且平。依我磬聲。蓋聲音之道。由細而大。戛擊鳴球。所以作止樂。總言之也。合止柷敔所以合樂止樂終言之也土木與石皆聲音之細者若琴瑟下管鼗鼓笙鏞則絲竹金革悠揚鏗鏘鞺鞳皆聲音之由細而漸大也關雎之詩曰琴瑟友之鐘鼓樂之鹿鳴之詩曰鼓瑟吹笙吹笙鼓簧又曰鼓瑟鼓琴無用柷敔者而合樂則不廢柷敔故長篇詩歌悠揚鏗鏘鞺鞳者固多而不無沈鬱頓挫處則土木之音也然如近賢之祧唐宗宋祈嚮徐仲車薛浪語諸家在八音率多土木甚且有土木而無絲竹金革焉得命爲律和聲八音克諧哉故本鄙見以錄宋詩竊謂宋詩精華乃在此而不在彼也丁丑初夏石遺老人書

宋詩精華錄卷第一

石遺老人評點

案此錄亦略如唐詩分初盛中晚吾鄉嚴滄浪高典籍之說無可非議者也天道無數十年不變凡事隨之盛極而衰衰極而漸盛往往然也今略區元豐元祐以前爲初宋由二元盡北宋爲盛宋王蘇黃陳秦晁張具在焉唐之李杜岑高龍標右丞也南渡茶山簡齋尤蕭范陸楊爲中宋唐之韓柳元白也四靈以後爲晚宋謝皐羽鄭所南輩則如唐之有韓偓司空圖焉此卷係初宋西崑諸人可比王楊盧駱蘇梅歐陽可方陳杜沈宋宋何以甚異於唐哉

帝㬎降元降封瀛國公湖山類稿云爲僧號木波講師

在燕京作

寄語林和靖梅花幾度開黃金臺下客應是不歸來

末五字悽黯宋諸帝皆能詩然舍仁宗地有湖山美東南第一州十字語多陳

腐。無能如唐玄宗者。此首可兄事唐文宗之輦路生秋草上林花滿枝。殆所謂愁苦易好歟。

徐鉉字鼎臣會稽人官散騎常侍

送王四十五歸東都

海內兵方起。離筵淚易垂。憐君負米去。惜此落花時。想憶望來信。相寬指後期。殷勤手中柳。此是向南枝。

三四對語生動。末韻能於舊處生新。

錢惟演字希聖吳越王俶之子官至同中書門下平章事謚文僖與劉筠共創西崑體稱錢劉。

對竹思鶴

瘦玉蕭蕭伊水頭。風宜淸夜露宜秋。更教仙驥旁邊立。盡是人間第一流。

有身分。是第一流人語。

楊徽之字仲猷浦城人官至翰林侍讀學士

寒食寄鄭起侍郎

清明時節出郊原寂寂山城柳映門水隔淡煙修竹寺路經疏雨落花村天寒酒薄難成醉地迥樓高易斷魂回首故山千里外別離心緒向誰言

三四句調特別五六景中情雖難易太對然兩句有流水意不礙

鄭文寶字仲賢寧化人官至兵部員外郎

闕題

亭亭畫舸繫寒潭直到行人酒半酣不管煙波與風雨載將離恨過江南

案此詩首句一頓下三句連作一氣說體格獨別唐人中惟太白越王勾踐破吳歸一首前三句一氣連說末句一掃而空之此詩異曲同工善於變化

李昉字明遠深州饒陽人官至中書侍郎平章事

禁林春直

疏簾搖曳日輝輝。直閣深嚴半掩扉。一院有花春晝永。八方無事詔書稀。樓頭百轉鶯鶯語。梁上新來燕燕飛。豈合此身居此地。妨賢尸祿自知非。

寫出太平景象而不落俗。惟元人王惲玉堂卽事二絕句近之。首二句云陰陰槐幄幕閒庭。靜似藍田縣事廳。然著迹矣。

寇準字平仲華州下邽人官至同中書門下平章事封萊國公

春日登樓懷歸

高樓聊引望。杳杳一川平。野水無人渡。孤舟盡日橫。荒村生斷靄。古寺語流鶯。舊業遙清渭。沈思忽自驚。

第二聯用韋蘇州語。極自然。用古人語。如淵明之依依墟里煙。右丞之墟里上孤煙。同爲五言也。王介甫之改鳥鳴山更幽。爲一鳥不鳴山更幽。自是原句工。李嘉祐之水田飛白鷺二句。自不如右丞多二字之工。右丞開元初年進士。嘉祐天寶九年進士。國史補以爲王改李者當誤。

晏殊字同叔臨川人官奉禮郎

示張寺丞王校勘

元巳清明假未開。小園幽徑獨徘徊。春寒不定斑斑雨。宿醉難禁灧灧杯。無可奈何花落去。似曾相識燕歸來。遊梁賦客多風味。莫惜青錢萬選才。

第二句及第五六句。見南唐中主浣溪沙詞半闋。

寓意

油壁香車不再逢。峽雲無迹任西東。梨花院落溶溶月。柳絮池塘淡淡風。幾日寂寥傷酒後。一番蕭索禁煙中。魚書欲寄何由達。水遠山長處處同。

同叔工詞。故能作溶溶淡淡二語。而卻是詩而非詞。自三百篇莫莫喈喈依依霏霏而後。詩人工用疊字。蓋悉數不能終其物矣。

王禹偁字元之濟州鉅野人官至翰林學士

暴富送孫何入史館

孟郊嘗貧苦。忽吟不貧句。爲喜玉川子。書船歸洛浦。孟郊有忽不貧喜盧仝書船歸洛詩乃知君子心。所樂在稽古。漢公得高科。不足惟墳素。二年佐棠陰。眼黑怕文簿。躍身入三館。爛目閱四庫。孟貧昔不貧。孫貧今暴富。暴富亦須防。文高被人妒。

寄碭山主簿朱九齡

忽思蓬島會羣仙。二百同年最少年。利市襴衫拋白紵。風流名紙寫紅牋。歌樓夜宴停銀燭。柳巷春泥汚錦韉。今日折腰塵土裏。共君追想好淒然。

此詩全似樂天。又是唐摭言中材料。

村行

馬穿山徑竹初黃。信馬悠悠野興長。萬壑有聲含晚籟。數峯無語立斜陽。棠梨葉落胭脂色。蕎麥花開白雪香。何事吟餘忽惆悵。村橋原樹似吾鄉。

魏野字仲先蜀人一作陝州人

書友人屋壁

達人輕祿位。居處傍林泉。洗硯魚吞墨。烹茶鶴避煙。閒惟歌聖代。老不恨流年。靜想閒來者。還應我最偏。

三四不落小方。第六句是高人語。

登原州城呈張貴從事

異鄉何處最牽愁。獨上邊城城上樓。日暮北來惟有雁。地寒西去更無州。數聲塞角高還咽。一派涇河凍不流。君作貧官我爲客。此中離恨共難收。

案仲先隱人。能作第二聯壯闊語。較爲難得。又句云。空看新雁字。不得故人書。說得自然。

送王希赴任衢州判官

秋江四十有餘程。稱作紅蓮汎去清。從闕到州堪羨處。船中坐臥看山行。

案又句云。有名閒富貴。無事小神仙。數杯郵店酒。一首野人詩。皆能本色。

林逋字君復。賜諡和靖先生。錢塘人

梅花

衆芳搖落獨鮮妍。占斷風情向小園。疏影橫斜水清淺。暗香浮動月黃昏。霜禽欲下先偷眼。粉蝶如知合斷魂。幸有微吟可相狎。不須檀版共金尊。

吟懷長恨負芳時。爲見梅花輒入詩。雪後園林纔半樹。水邊籬落忽橫枝。人憐紅豔多應俗。天與清香似有私。堪笑胡雛亦風味。解將聲調角中吹。

案山谷謂疏影二句。不如雪後一聯。亦不盡然。雪後聯寫未盛開之梅。從前村風雪裏昨夜一枝開來。疏影聯稍盛開矣。其勝於竹影桂香句自不待言。

自作壽堂因書一絕以志之

湖上青山對結廬。墳前修竹亦蕭疏。茂陵他日求遺稿。猶喜曾無封禪書。

案和靖名句尚有鶴閒臨水久。蜂懶得花疏。蕭疏秋樹色。老大故人心。春水淨於僧眼碧。晚山濃以佛頭青。前巖數本長松色。及早歸來帶雪看。其草泥行郭索。雲木叫鉤輈二句。不過小巧而已。開浙中南屏詩社厲樊榭金冬心一派。

楊璞字契元鄭州人

莎衣

輭綠柔藍著勝衣。倚船吟釣正相宜。蒹葭影裏和煙臥。菡萏香中帶雨披。狂脫酒家春醉後。亂堆漁舍晚晴時。直饒紫綬金章貴。未肯輕輕博換伊。

第三聯。晚唐人除陸魯望張志和無能及者。

范仲淹字希文官至陝西四路宣撫使

野色

非煙亦非霧。冪冪映樓臺。白鳥忽點破。斜陽還照開。肯隨芳草歇。疑逐遠帆來。誰會山公意。登高醉始回。

林下偶談云。此詩不下司馬池行色之作。梅聖俞所謂寫難狀之景。如在目前也。

韓琦字稚圭安陽人官至集賢殿文學士封魏國公

九日水閣

池館隳摧古榭荒此延嘉客會重陽雖慚老圃秋容淡且看黃花晚節香酒味已醇新過熟蟹螯先實不須霜年來飲興衰難强漫有高吟力尚狂

北塘避暑

盡室林塘滌暑煩曠然如不在塵寰誰人敢議清風價無樂能過白日閑水鳥得魚長自足嶺雲含雨只空還酒闌何物醒魂夢萬柄蓮香一枕山

三四筆力恣肆

髮白有感

區區邊朔有何成三失流年只自驚無一事來頭尚白白頭人處豈堪行

案中朝大官工詩者殆無如安陽句如高臺面壘包平野老柏參天礙遠山有氣量有寄慨盡日楊花飛又歇有時林鳥見還藏惜春情味過年少戰酒英雄退日前皆頗惘惘又欲戰萬愁無酒力可堪三月去堂堂透過一層說又柳絮

云一春情緒空撩亂。不。是。天。生。穩。重。花。老、成、而、不、陳、腐。

蔡襄字君謨莆田人官至端明殿學士謚忠惠

上元應制

高列千峯寶炬森。端門方喜翠華臨。宸遊不爲三元夜。樂事還同萬衆心。天上清光留。此。夕。人。間。和。氣。閣。春。陰。要知盡慶華封祝。四、十、餘、年、惠、愛、深。

從來應制詩。未有不過於頌揚者。獨此首殆有似郭有道碑。當之無愧色者矣。蓋宋仁宗固古今罕有之賢主也。

夢中作

天際。烏。雲。含。雨。重。樓。前。紅。日。照。山。明。嵩陽居士今何在。青眼看人萬里情。

此詩雖不及歐公夢中之作。然已有神助矣。

張詠字復之濮州鄄城人號乖崖官至禮部尚書

新市驛別郭同年

驛亭門外敍分攜。酒盡揚鞭淚濕衣。莫訝臨歧再回首。江山重疊故人稀。

末七字眼前語說得擔斤兩。

晚泊長臺驛

驛亭斜掩楚城東。滿引濃醪勸諫慵。自戀明時休未得。好山非是不相容。

翻用北山移文婉摯。

趙抃字閱道衢之西安人官至資政殿大學士謚清獻

次韻孔憲蓬萊閣

山巔危構傍蓬萊。水閣風長此快哉。天地涵容百川入。晨昏浮動兩潮來。遙思坐上遊觀遠。愈覺胸中度量開。憶我去年曾望海。杭州東向亦樓臺。

三四較孟公之氣蒸雲夢澤二語。似乎過之。杜老之吳楚東南一聯。尙未知鹿死誰手。

案閱道招運判霍交回轅云。自邛之雅漸高丘。所過從容盡勝遊。再有蜀命別王禹卿云。穆陵關。望劍門關。岱嶽山。連蜀道。山皆起勢軒敞。而餘遠不逮。

和宿峽石寺下

淮岸浮圖半倚天。山僧應已離塵緣。松關暮鎖無人跡。惟放鐘聲入畫船。

令張繼見之。前賢豈能不畏後生。

答贛縣錢顗著作移花

令尹憐花意思勤。海棠多種郡園新。自從兩蜀年年見。今日欄邊似故人。

程師孟字公闢吳人官至光祿大夫

遊玉尺山寺

永日淸陰喜獨來。野僧題石作吟臺。無詩可比顏光祿。每憶登臨却自回。

自然

曾公亮字明仲晉江人官至昭文館大學士

宿甘露僧舍

枕中雲氣千峯近牀底松聲萬壑哀要看銀山拍天浪開窗放入大江來

　東坡南堂絕句之掛起西窗浪接天似尚當弟畜

張先字子野烏程人官至都官郎中

　題西溪無相院

積水涵虛上下清幾家門靜岸痕平浮萍破處見山影小艇歸時聞草聲入郭僧尋塵裏去過橋人似鑑中行已憑暫雨添秋色莫放修蘆礙月生

　子野詞家詩可與晚唐人爭席

司馬池字和中陝州夏縣人官至天章閣待制

　行色

冷于陂水淡于秋遠陌初窮到渡頭賴是丹青不能畫畫成應遣一生愁

　有神無迹文言之爲歐公之平蕪盡處是春山行人更在春山外質言之則爲此詩第二句東坡溪光亭詩則絢煥照爛矣

呂夷簡字坦夫壽州人官至司空平章軍國重事

天花寺

賀家湖上天花寺。一一軒窗向水開。不用閉門防俗客。愛閒能有幾人來。

石延年字曼卿宋城人官至太子中允

金鄉張氏園亭

亭館連城敵謝家。四時園色鬥明霞。窗迎西渭封侯竹。地接東陵隱士瓜。樂意相關禽對語。生香不斷樹交花。縱遊會約無留事。醉待參橫月落斜。

能於綠楊宜作兩家春外。關出境界。清武進劉繩菴試鴻博山雞舞鏡詩。以可能對語便關關句冠其曹。此詩之沾溉有如此者。

穆修字伯長天平人官至泰州司理參軍明道元年卒

魯從事清暉閣

庾郎眞好事。溪閣斬新開。水石精神出。江山氣色來。疎煙分鷺立。遠靄見帆迴。公退資清興閑吟倚檻裁。

貴侯園

名園雖自屬侯家。任客閒遊到日斜。富貴位高無暇出。主人空看折來花。

善戲謔兮不爲虐兮。

獨遊

水曲林幽獨杖藜。郫筒香入亂花攜。輕肥不得尋春意。動要笙歌逐馬蹄。

歐陽修字永叔廬陵人號六一居士官至兵部尚書謚文忠

禮部貢院閱進士試

紫殿焚香暖吹輕。廣庭清曉席羣英。無譁戰士銜枚戰。下筆春蠶食葉聲。鄉里獻賢先德行。朝廷列爵待公卿。自慚衰病心神耗。賴有羣公識鑒精。

三四寫舉子在闈中作文情狀。

夢中作

夜涼吹笛千山月。路暗迷人百種花。棊罷不知人換世。酒闌無奈客思家。

此詩當眞是夢中作。如有神助。

滄浪亭

子美寄我滄浪吟。邀我共作滄浪篇。滄浪有景不可到。使我東望心悠然。荒灣野水氣象古。高林翠阜相回環。新篁抽筍添夏景。老枿亂發爭春妍。水禽閒暇事高格。山鳥月夕相啾喧。不知此地幾興廢。仰視喬木皆蒼煙。堪嗟人迹到不遠。雖有來路曾無緣。窮奇極怪誰似子。搜索幽隱探神仙。初尋一徑入蒙密。豁目異境無窮邊。風高月白最宜夜。一片瑩淨鋪瓊田。清光不辨水與月。但見空碧涵漪漣。清風明月本無價。可惜只賣四萬錢。又疑此境天乞與。壯士憔悴天應憐。鴟夷古亦有獨往。江湖波濤渺翻天。崎嶇世路欲脫去。反以身試蛟龍淵。豈如扁舟任飄兀。紅葉泛浪搖醉眠。丈夫身在豈長弃。新詩美酒聊窮年。雖然不許俗客到。莫惜佳句人間傳。

案此詩未免辭費。使少陵昌黎爲之。必多層折而無長語。渼陂行山石可參看。

也特此題是詩家一掌故故錄之清風明月二句更一詩料

豐樂亭小飲

造化無情不擇物春色亦到深山中山桃溪杏少意思自趁時節開春風看花游女不知醜古粧野態爭花紅人生行樂在勉彊有酒莫負琉璃鍾主人勿笑花與女嗟爾自是花前翁

第六句寫得出第五句以太守而說游女之醜似未得體當有以易之

戲答元珍

春風疑不到天涯二月山城未見花殘雪壓枝猶有橘凍雷驚筍欲抽芽夜聞啼雁生鄉思病入新年感物華曾是洛陽花下客野芳雖晚不須嗟

案結韻用高一層意自慰又黃溪夜泊結韻云行見江山且吟詠不因遷謫豈能來亦是

豐樂亭遊春

綠樹交加山鳥啼。晴風蕩漾落花飛。鳥歌花舞太守醉。明日酒醒春已歸。

懷嵩樓新開南軒與郡僚小飲

繞郭雲煙匝幾重。昔人曾此感懷嵩。霜林落後山爭出。野菊開時酒正濃。解帶西風飄畫角。倚欄斜日照青松。會須乘醉攜嘉客。踏雪來看羣玉峰。

霜林二句極爲放翁所揣摩。

別滁

花光濃爛柳輕盈。酌酒花前送我行。我亦且（一作祇）如常日醉。莫教絃管作離聲。

末二語直是樂天。

招許主客

欲將何物招嘉客。惟有新秋一味涼。更掃廣庭寬百畝。少容明月放清光。樓頭破鑑看將滿。甕面浮蛆撥已香。仍約多爲詩準備。共防梅老敵難當。

案少容若作多容更佳。第七句多字可改。

宿雲夢館

北雁來時歲欲昏。私書歸夢杳難分。井桐葉落池荷盡。一夜西窗雨不聞。

案贈王介甫前半首云翰林風月三千首。吏部文章二百年。老去自憐心尚在。後來誰與子爭先。唐崇徽公主手痕碑云玉顏自古爲身累。肉食何人與國謀。皆傳作也。其最自負廬山高明妃曲三篇。未識佳處。惟推手爲琵却手琶七字。自出新語。明妃曲末紅顏勝人多薄命二句。卽手痕碑詩意。

蘇舜欽字子美梓州人官至湖州長史

哭曼卿

去年春風開百花。與君相會歡無涯。高歌長吟插花飲。醉倒不去眠君家。今年慟哭來致奠。忍欲出送攀魂車。春輝照眼一如昨。花已破纇蘭生芽。唯君顏色不復見。精魂飄忽隨朝霞。歸來悲痛不能食。壁上遺墨如棲鴉。嗚呼死生遂相隔。使我雙淚風中斜。

案此詩無甚異人處。惟第三句的是曼卿酒酣神情。（詳歐陽公文中）歸來句是實在沈痛語。

中秋夜吳江亭上對月懷前宰張子野及寄君謨蔡大

獨坐對月心悠悠。故人不見使我愁。古今共傳惜今夕。况在松江亭上頭。可憐節物會人意。十日陰雨此夜收。不惟人間惜此月。天亦有意於中秋。長空無瑕露表裏。拂拂漸上寒光流。江平萬頃正碧色。上下清澈雙璧浮。自視直欲見筋脈。無所逃避魚龍憂。不疑身世在地上。祇恐槎去觸斗牛。景清境勝反不足。歎息此際無交遊。心魂冷烈曉不寢。勉爲筆此傳中州。

望月懷人語。數見不鮮矣。此作頗能避熟就生。寫月光澈骨。種種異乎尋常。如自責得隴望蜀。尤其透過一層處。

靜勝堂夏日呈王尉

虛堂吏事稀。吟臥欲忘機。窗靜蜂迷出。簾疏燕誤飛。煩心傾晚簟。倦體快風衣。更想霜雲外。同君看翠微。

過蘇州

東出盤門刮眼明。蕭蕭疏雨更陰晴。綠楊白鷺俱自得。近水遙山皆有情。萬物盛衰天意在。一身羈苦俗人輕。無窮好景無緣住。旅棹區區暮亦行。

三四是蘇州風景。

和淮上遇便風

浩蕩清淮天共流。長風萬里送歸舟。應愁晚泊卑喧地。吹入滄溟始自由。

案晚泊龜山有句云石勢向人森劍戟。灘光和月瀉瓊瑰。秋夕懷南中故人云。池光不動天深碧。月色無情人獨愁。

淮中晚泊犢頭

春陰垂野草青青。時有幽花一樹明。晚泊孤舟古祠下。滿川風雨看潮生。

視春潮帶雨晚來急。氣勢過之。

梅堯臣字聖俞人稱宛陵先生宣州宣城人官至尚書屯田都官員外郎

和才叔岸旁廟

樹老垂纓亂。祠荒向水開。偶人經雨踣。古屋爲風摧。野鳥棲塵坐。漁郎奠竹杯。欲傳山鬼曲。無奈楚辭哀。

寫破廟如畫

范饒州坐中客語食河豚魚

春洲生荻芽。春岸飛楊花。河豚當是時。貴不數魚鰕。其狀已可怪。其毒亦莫加。忿腹若封豕。怒目猶吳蛙。庖煎苟失所。入喉爲鏌鋣。若此喪軀體。何須資齒牙。持問南方人。黨護復矜誇。皆言美無度。誰謂死如麻。吾語不能屈。自思空咄嗟。退之來潮陽。始憚飧籠蛇。子厚居柳州。而甘食蝦蟆。二物雖可憎。性命無舛差。斯味曾不比。中藏禍無涯。甚美惡亦稱。此言誠可嘉。

此詩絕佳者。實只首四句。餘皆詞費。然所謂探驪得珠。其餘鱗爪之而聽之而已。

送何遁山人歸蜀

春風入樹綠童稚望柴扉。遠壑杜鵑響。前山蜀客歸。到家逢社燕。下馬澣征衣。終日自臨水。應知已息機。

第二聯尋常語用之送歸蜀者。獨覺自然穩切。

醉中留別永叔子履

新霜未落汴水淺。輕舸唯恐東下遲。遶城假得老病馬。一步一跛令人疲。到君官舍欲取別。君惜我去頻增嘻。便步髯奴呼子履。又令開席羅酒巵。逡巡陳子果亦至。共坐小室聊伸眉。烹雞庖兔下筯美。盤實飣餖栗與梨。蕭蕭細雨作寒色。厭厭盡醉安可辭。門前有客莫許報。我方劇飲冠幘欹。文章或論到淵奧。輕重曾不遺毫釐。間以辨謔每絕倒。豈顧明日無晨炊。六街禁夜猶未去。童僕竊訝吾儕癡。談兵究弊又何益。萬口不謂儒者知。酒酣耳熱試發泄。二子尙乃驚我爲。露才揚已古來惡。卷舌噤

口南方馳江湖秋老鱖鱸熟歸奉甘旨誠其宜但願音塵寄鳥翼愼勿却效兒女悲

萬口句加倍寫法

送潘供奉承勛

與君迹熟情已親欲將行邁聊感人舉酒不能効時俗半辭苦語資立身長大實好帶刀劍曷不往助清邊塵門戟雖高豈自有當思乃祖爲功臣所宜勇躍發奇策嘉名定體庶得眞儻以此言作狂說乘肥食脆任青春

斬釘截鐵所謂不屑之教誨也

寄題徐都官新居假山

太湖萬穴古山骨共結峯嵐勢不孤苔徑三層平木末河流一道接墻隅已知谷口多花藥祇欠林間落狖鼯誰侍巾韝此遊樂里中遺老肯相呼

首韻言取太湖石爲假山

悼亡三首

結髮爲夫婦。於今十七年。相看猶不足。何況是長捐。我鬢已多白。此身寧久全。終當與同穴。未死淚漣漣。

　與放翁之此身行作稽山土。皆從毛詩來。

每出身如夢。逢人強意多。歸來仍寂寞。欲語向誰何。窗冷孤螢入。宵長一鴈過。世間無最苦。精爽此消磨。

　末韻即荀奉倩神傷之意

從來有修短。豈敢問蒼天。見盡人間婦。無如美且賢。譬令愚者壽。何不假其年。忍此連城寶。沈埋向九泉。

　情之所鍾。不免質言。雖過當無傷也

　案潘安仁詩以悼亡三首爲最。然除望廬二句。流芳二句。長簟二句外。無沈痛語。蓋熏心富貴。朝命刻不去懷。人品不可與都官同日語也。

書哀

天旣喪我妻。又復喪我子。兩眼雖未枯。片心將欲死。雨落入地中。珠沉入海底。赴海可見珠。掘地可見水。唯人歸泉下。萬古知已矣。拊膺當問誰。憔悴鑑中鬼。

此首與前二首精爽十字。最爲沈痛。

四月二十七日與王正仲飲

我來自楚君自吳。相遇汎波銜舳艫。時時舉酒共笑樂。莫問罍盎有與無。醉憶曩同吾永叔。倒冠落佩來西都。是時豪快不顧俗。留守贈榼少尹俱。高吟持去擁鼻學雅闋。付唱纖腰姝。山東腐儒漫側目。洛下才子爭歸趨。自玆離散二十載。不復更有一日娛。如今舊友已無幾。歲晚得子欣爲徒。

月下懷裴如晦宋中道

九陌無人行。寒月淨如水。洗然天宇空。玉井東南起。我馬臥我庭。帖帖垂頸耳。霜花滿黑鬣。安欲致千里。我僕寢我廡。相背肖兩已。夜深忽驚魘。呼若中流矢。是時與我懷。顧影行月底。唯影與月光。舉止無猜毀。吾交有裴宋。心意月影比。尋常同語默。肯問世俗子。

𢿱爲兩已相背。化腐爲奇。未由太白對月意翻進兩層。

東城送運判馬察院

春風騁巧如剪刀。先、裁、楊、柳、後、杏、桃。圓尖作瓣得疎密。顏色又染燕脂牢。黃鸝未鳴鳩欲雨。深園靜墅聲嗷嗷。役徒開汴前日放。亦將決水歸河槽。都人傾望若焦渴。寒食已近溝已淘。何當黃流與雨至。雨深一尺水一篙。都水御史亦即喜。日夜順疾回輕舠。頻、年、吳、楚、水、苦、旱。一、稔、未、足、生、脂、膏。吾、願、取、之、勿、求、羨。窮、鳥、困、獸、易、遯、逃。我今出城勤送子。沽酒不惜典弊袍。數途必向睢陽去。太傅太尹皆英豪。試乞二公評我說。萬分豈不益毫毛。國給民蘇自有暇。東園乃可賓遊遨。

許生南歸

大盤小盤堆明珠。海、估、眩、目、迷、精、麄。斗、量、入、貢、由、掇、拾。未、必、一、一、疵、纇、無。不、貢、亦、自、有、光、價、此、等、固、知、魚、目、殊。許生懷文頗所似。暫抑安用頻增呼。倚門老母應日望。霜前稻熟春紅稃。歸來爛炊多釀酒。洗蕩幽憤傾盆盂。九卿有命不愁晚。朱邑當年一嗇夫。

對不明主司曲爲原諒。見被屈之不足怪。匪特敦厚。亦爲許生留身分。東坡之過眼目迷日五色。即此意。

吴冲卿出古飲鼎

精銅作鼎土不蝕。地下千年蘚花羃。腹空鳳卵留藻文。足立三刀刃微直。左耳可執口可斟。其上兩柱何對植。從誰發掘歸吴侯。來助雅飲歡莫極。又荷君家主母賢。翠羽胡琴令奏側。絲聲不斷玉箏繁。繞樹黄鸝鳴不得。我雖衰薾爲之醉。玩古樂今人未識。

寄滁州歐陽永叔

昔讀韋公集。固多滁州詞。爛熳寫風土。下上窮幽奇。君今得此郡。名與前人馳。君才比江海。浩浩觀無涯。下筆猶高帆。十幅美滿吹。一舉一千里。只在頃刻時。尋常行舟鱸。傍岸撐蹇疲。有才苟如此。但恨不勇爲。仲尼著春秋。貶骨嘗苦笞。後世各有史。善惡亦不遺。君能切體類。鏡照嫫與施。直辭鬼膽懼。微文姦魄悲。不書兒女事。不作風月詩。唯存先王法。好醜無使疑。安求一時譽。當期千載知。此外有甘脆。可以奉親慈。山蔬采筍蕨。野膳獵麏麋。鱸膾古來美。梟炙今且推。夏果亦瑣細。一一舊頗窺。圓尖剝水實。青紅摘林枝。又足供宴樂。聊與子所宜。慎勿思北來。我言非狂癡。洗慮當以淨。洗垢當以脂。此語同飲食。遠寄入君脾。

勸其勿望內行。但安棄外。命意迴不猶人。觀其止說兩句。含蓄不盡。

對雪憶往歲錢塘西湖訪林逋三首 錄一

昔乘野艇向湖上。泊岸去尋高士初。折竹壓籬曾礙過。却穿松下到茅廬。

楊誠齋有此筆意。

小村

淮闊洲多忽有村。棘籬疏敗謾爲門。寒雞得食自呼伴。老叟無衣猶抱孫。野艇鳥翹

唯斷纜枯桑水齧只危根嗟哉生計一如此謬入王民版籍論

寫貧苦小村有畫所不到者末句婉而多風

夢後寄歐陽永叔

不趁常參久安眠向舊溪五更千里夢殘月一城雞適往言猶是浮生理可齊山王今已貴肯聽竹禽啼

戊子三月二十一日殤小女稱稱三首錄二

生汝父母喜死汝父母傷我行豈有虧汝命何不長鴉雛春滿窠蜂子夏滿房毒螫與惡噪所生遂飛揚理固不可詰泣淚向蒼蒼

落想迴不猶人

蓓蕾樹上花瑩潔若嬰女春風不長久吹落便歸土嬌愛命亦然蒼天不知苦慈母眼中血未乾同兩乳

末十字苦情寫得出

東溪

行到東溪看水時。坐臨孤嶼發船遲。野鳧眠岸有閒意。老樹著花無醜枝。短短蒲茸齊似翦。平平沙石淨於篩。情雖不厭住不得。薄暮歸來車馬疲。

三四的是名句。

覽顯忠上人詩

昔讀遠公傳。頗聞高行僧。廬山將欲雪。瀑布結成冰。尋蹟數百載。歷危千萬層。師來笑賈島。只解詠嘉陵。

一氣呵成。

缺月

缺月來照屋角時。西家狗吠東家疑。夜深精靈鬼物動。僁窣古莽無風吹。

宋祁字子京開封雍邱人官至翰林學士承旨謚景文

落花

墜素翻紅各自傷。青樓煙雨忍相忘。將飛更作迴風舞。已落猶成半面粧。滄海客歸珠迸淚。章臺人去骨遺香。可能無意傳雙蝶。盡付芳心與蜜房。

三四寫落花身分。只合如此。子京多侍兒。疑有傷逝意。

九日置酒

秋晚佳晨重物華。高臺複帳駐鳴笳。邀歡任落風前帽。促飲爭吹酒上花。溪態澄明初畢雨。日痕清淺不成霞。白頭太守眞愚甚。滿插茱萸望辟邪。

九日登高。不作感慨語。似只有此詩。

文彥博字寬夫。介休人。官至太師。封潞國公。

登平崧閣右崧亭作

不較平崧與右崧。大都亭閣畫穹崇。太行太室當前後。俱是家山入望中。

雪中樞密蔡諫議借示范寬雪景圖

梁園深雪裏。更看范寬山。迴出關荊外。如遊嵩少間。雲愁萬木老。漁罷一蓑還。此景堪延客擁爐傾小蠻。

　白樂天云小蠻酒榼也。

　招仲通司封府園避暑

騎山樓下水軒東。一室初開待白公。雖是不如南澗上。都緣卻有北窗風。銜杯避暑稱河朔。飛蓋延賓在鄴中。解榻況逢徐孺子。饋漿茹飯與君同

　於南溪上別葺一室待白傅。爲牛奇章事。

　清明後同秦帥端明會飲李氏園池

洛浦林塘春暮時。暫同遊賞莫相違。風光不要人傳語。一任花前盡醉歸。

　郎清風明月不用錢買。意變換說之。傳語二字從武后火速報春知來。

黃庶字亞父號青社分寧人官州府從事有伐檀集

　探春

雪裏猶能醉落梅。好營杯具待春來。東風便試新刀尺。萬葉千花一手裁。

望春偶書

信馬尋春上古原。天工一幅繡平川。花應笑我將詩句。便當遊人費萬錢。

和陪丞相聽蜀僧琴

小園豈是春來晚。四月花飛入酒杯。都爲主人尤好事。風光留住不教回。

怪石

山鬼水怪著薜荔。天祿辟邪眠莓苔。鉤簾坐對心語口。曾見漢唐池館來。

落想不凡。突過盧仝李賀。亞父山谷。父家學可見一斑。

元伯示清水泊之什因和酬

十年不踏故溪上。有時夢去千里遊。每思魚行鑑中見。青衫手版如仇讎。秋風鱸肥美無價。莫怪張翰不可留。前日誦君清水吟。胸中突起百尺愁。兒牽女嬰走塵土。百年一半如棄投。清風明月無界畔。白首願作山中侯。君詩寫出漁者意。老景一片在目眸。清泉釣舟未入手。聊可觀誦忘吾憂。

出語總不猶人。

司馬光字君實夏縣人官至尚書左僕射諡文正有傳家集

和邵堯夫安樂窩中職事吟

靈臺無事日休休安樂由來不外求細雨寒風宜獨坐暖天佳景即閑遊松篁亦足開青眼桃李何妨插白頭我以著書爲職業爲君偷暇上高樓

和君貺題潞公東莊

嵩峯遠疊千重雪伊浦低臨一片天百頃平皋連別館兩行疏柳拂清泉國須柱石扶丕構人待樓航濟巨川蕭相方如左右手且於窮僻置閑田

閑居

故人通貴絕相過門外眞堪置雀羅我已幽慵僮更懶雨來春草一番多

野軒

黃雞白酒田間樂藜杖葛巾林下風更若食芹仍暴背野懷併在一軒中

閑居

閑居雖嬾放未得便無營伐木添山色穿渠擘水聲經霜收芋美帶雨接花成前日鄰翁至柴門掃葉迎

別長安

暫來還復去夢裏到長安可惜終南色臨行子細看

暮春同劉伯壽史誠之飲宋叔達園

絮狂飛作團梅小不多酸共惜春餘好更窮今日歡清流入花底翠嶺出林端嫩筍玉縈簪新櫻珠照盤邀迎嘉客易會合故人難寄語門前僕驊騮任解鞍

久雨效樂天體

雨多雖可厭氣涼還可喜欲語口慵開無眠身懶起一榻有餘寬一飯有餘美想彼廟堂人正應憂燮理

顯宦退居措語得體

南園飲罷留宿詰朝呈鮮于子駿范堯夫彝叟兄弟

園僻青春深。衣寒積雨闋。中宵酒力散。臥對滿窗月。旁觀萬象寂。遠聽羣動絕。只疑玉壺冰。未應比明潔。

和邵堯夫年老逢春

年老逢春春莫咍。朱顏不肯似春回。酒因多病無心醉。花不解愁隨意開。荒徑倦遊從碧草。空庭懶掃自蒼苔。相逢譚笑猶能在。坐待牽車陌上來。

華嚴眞師以詩見貺聊成二章紀其趣尙

知足隨緣處處安。一身溫飽不爲難。禪房窄小纔容榻。此外從他世界寬。

不忮不求詩人之旨也然推到世界自是對釋家言

素髮青眸七十餘。未嘗遊學只安居。旁無几杖身輕健。應爲心閑得自如。

客中初夏

四月清和雨乍晴。南山當戶轉分明。更無柳絮因風起。惟有葵花向日傾。

此詩元祐入相時之作。

句

松聲工醒酒泉味最便茶。登山置酒延鄒湛上馬回鞭問葛强。雲低秦野闊木落渭川長。

劉敞字原父臨江人官至御史臺私謚公是先生

短槐

蹣跚不稱三公位偃蹇空妨數畝庭只有老僧偏愛惜倩人圖畫作春屏。

自謙之詞。

微雨登城

雨映寒空半有無。重樓閑上倚城隅。淺深山色高低樹一片江南水墨圖。

第三句的是江南風景。

楊傑字次公無爲人官至兩浙提點刑獄

勿去草

勿去草草無惡若比世俗俗浮薄君不見長安公卿家公卿盛時客如麻公卿去後門無車惟有芳草年年加又不見千里萬里江湖濱觸目淒淒無故人惟有芳草隨車輪一日還舊居門前草先除草于主人實無負主人于草宜何如勿去草草無惡若比世俗俗浮薄

用意甚深厚

和穆父待制竹堂

會稽風土竹相宜傍竹爲堂趣尚奇內史舊居經幾代此君高節似當時林無暑氣客頻到筍過鄰牆僧不知莫夾桃花引蜂蝶實成須與鳳凰期

石介字守道兗州奉符人官至太子中允直集賢院

乙亥冬富春先生以老儒醇師居我東齋濟北張泂明遠楚宮李溫淵皆服道就義與介同執弟子之禮北面受其業因作百八十二言相勉

鳳凰飛來諸鳥隨，神龍遊處羣魚嬉。先生道德如韓孟，四方學者爭犇馳。濟北張洞壯且勇，楚丘李溫少而奇。二子磊落頗驚俗，泰山石介更過之。三人堂堂負英氣，胸中拳攣蟠蛟螭。道可服兮身可屈，北面受業尊爲師。先生晨起坐堂上，口諷大易春秋辭。洪音琅琅響齒牙，故橫孔子興宓羲。先生居前三子後，恂恂如在汾河湄。續作六經豈必讓，焉無房杜廊廟賁。吁嗟斯文敝已久，天生吾輩同扶持。二子勉旃吾不惰，先生大用終有時。當以斯文施天下，豈徒玩書心神疲。

韓維字持國雍丘人官至門下侍郎

答師厚夜歸客舍見詒

幽居直欲學忘言，忍對賢豪遂默然。談到精微夜寥闃，秋風時下竹窗前。

精微處王孟所未及。

酴醾

平生爲愛此香濃，仰面常迎落架風。每至春歸有遺恨，典型猶在酒盃中。

用蔡中郎事入妙。

邵雍字堯夫河南人嘉祐中補推官謚康節

安樂窩

半記不記夢覺後
似愁無愁情倦時
擁衾側臥未欲起
簾外落花撩亂飛

殆有劉晏食餺飥美不可言之意。

插花吟

頭上花枝照酒卮
酒卮中有好花枝
身經兩世太平日
眼見四朝全盛時
況復筋骸粗康健
那堪時節更芳菲
酒涵花影紅光滿
爭忍花前不醉歸

歡娛能好四美不足道矣。

句

閒爲水竹雲山主
靜得風花雪月權

蔡確字持正晉江人官至左僕射貶別駕

夏日登車蓋亭

紙屏石枕竹方床。手倦拋書午夢長。睡起莞然成獨笑。數聲漁笛在滄浪。

杜常字正甫衞州人元豐中官至工部尚書

題華清宮

東別家山十六程。曉來和月到華清。朝元閣上西風急。都入長楊作雨聲。

直是唐音。

王令字逢原廣陵人

原蝗

蝗生於（一作滿）野誰所爲。秋一母死遺百兒。埋藏地下不腐爛。疑有鬼黨相收（一作扶）持。寒禽冬饑啄地食。拾掇穀種無餘遺。吻雖掠卵不加破。意似留與人爲饑。去年冬溫臘雪少。土脈不凍無冰凘。春氣蒸炊出地面。戢戢密若在釜糜。老農頑愚不識事。小不撲滅大莫追。遂令相聚成氣勢。來若大水無垠涯。蓬蒿滿眼幸無用。爾縱嚼盡誰爾識而何存留不咀嚼反向禾黍加傷夷鴟鴞啄銜各取飽充實腸腹如撐支兒童跳躍仰面笑却愛其密嫌疎稀吾思萬物造作始一一盡可天理推四其行蹄翼不假上既載（一作戴）角齒乃虧夫何此獨出羣類既使跳躍仍令飛麒麟千載或（一作始）一見仁足不忍踏草萎鳳凰偶出卽爲瑞亦曰竹食梧桐棲彼何甚少此何衆況又口腹害不訾遂令思慮不可及萬目仰面號天私天公被誣莫自辨慘慘白日陰無輝而余昏狂不自度欲盡物理窮毫絲要袪衆惑運獨見中夜力爲窮所思始知在人不在天譬之蚤虱生裳衣捫搜撥捉要歸盡是豈人者尙好之然而身常不絕種豈此垢舊招致斯魚枯生蟲肉腐蠹理有常爾夫何疑誰爲憂國太息者應喜我有原蝗詩

大地生物無理取鬧者至夥吾欲仿屈原天問作地問一篇逢原有此才恨不起九原使操筆賦之

暑旱苦熱

淸風無力屠得熱落日着翅飛上山人固已懼江海竭天豈不惜河漢乾崑崙之高有積雪蓬萊之遠常遺寒不能手提天下往何忍身去游其間

力求生硬覺長吉猶未免側艷

春游

春城兒女縱春遊醉倚層臺笑上樓滿眼落花多少意若何無箇解春愁

又能作爾語能者固不可測李易安詞云淸露晨流新桐初引多少游春意又云風住塵香花已盡日晚倦梳頭惜與逢原生不同時

宋詩精華錄卷第二

石遺老人評點

王安石字介甫臨川人亦號半山官至鎭南節度使同平章事判江寧府封荆國公

元豐行示德逢

四山翛翛映赤日田背坼如龜兆出湖陰先生坐草室看踏溝車望秋實雷蟠電掣雲滔滔夜半載雨輸亭皋旱禾秀發埋牛尻豆死更蘇肥莢毛倒持龍骨挂屋敖買酒澆客追前勞三年五穀賤如水今見西成復如此元豐聖人與天通千秋萬歲與此同先生在野故不窮擊壤至老歌元豐

音節極高抗介甫入相未久卽逢大旱及彗星天變本不足信者然熙寧八年復相後未幾又去判江寧府直至元豐三年介甫豈眞頌揚元豐者若曰水旱無常幸而得雨從此千秋萬歲五風一雨矣末句點出帝力何有意

後元豐行

歌元豐。十、日、五、日、一、雨、風。麥、行、千、里、不、見、土。連、山、沒、雲、皆、種、黍。水、秧、綿、綿、復、多、稌。龍、骨、長、乾、挂、梁、梠。鰣魚出網蔽洲渚。荻筍肥甘勝牛乳。百錢可得酒斗許。雖非社日長聞歌。吳兒蹋歌女起舞。但道快樂無所苦。老翁塹水西南流。楊柳中間找小舟。乘輿敧眠過白下。逢人歡笑得無愁。

次首亦專言得雨事。不能忘情於因旱被攻擊也。

純甫出釋惠崇畫要予作詩

畫史紛紛何足數。惠崇晚出吾最許。旱、雲、六、月、漲、林、莽。移、我、翛、然、墮、洲、渚。黃蘆低摧雪翳土。鳧雁靜立將儔侶。往、時、所、歷、今、在、眼。沙、平、水、澹、西、江、浦。暮氣沈舟暗魚罟。欹眠嘔軋如聞櫓。頗、疑、道、人、三、昧、力。異、域、山、川、能、斷、取。方、諸、承、水、調、幻、藥。酒、落、生、綃、變、寒、暑。金波巨然山數堵。粉墨空多眞漫與。大梁崔白亦善畫。曾見桃花淨初吐。酒酣弄筆起春風。便恐飄零作紅雨。流鶯探枝婉欲語。蜜蜂採蘂隨翅股。一時二子皆絕藝。裘馬穿贏久羇旅。華堂豈惜萬黃金。苦道今人不如古。

後半帶出崔白郎少陵丹青引爲曹霸帶出韓幹作法。

寄吳氏女子

伯姬不見我。乃今始七齡。家書無虛月。豈異常歸寧。汝夫綴卿官。汝兒亦搢綎。兒已受師學。出藍而更青。女復知女功。婉嫕有典刑。自吾捨汝東。中父繼在廷。小父數往來。吉音汝每聆。既嫁遂願懷。孰如汝所丁。而吾與汝母。湯熨幸小停。丘園祿一品。吏卒給使令。膏粱以晚食。安步而車軿。山泉皋壤間。適志多所經。汝何思而憂。書每說涕零。吾廬所封殖。歲久愈華菁。豈特茂松竹。梧楸亦冥冥。芰荷美花實。瀰漫爭溝涇。諸孫肯來游。誰謂川無舲。姑示汝我詩。知嘉此林坰。末有擬寒山。覺汝耳目熒。因之授汝季。季也亦淑靈。

此亦棄外後不得意之詞。

明妃曲二首

明妃初出漢宮時。淚濕春風鬢脚垂。低徊顧影無顔色。尙得君王不自持。歸來却怪丹青手。入眼平生幾曾有。意態由來畫不成。當時枉殺毛延壽。一去心知更不歸。可憐着盡漢宮衣。寄聲欲問塞南事。只有年年鴻雁飛。家人萬里傳消息。好在氈城莫相憶。君不見咫尺長門閉阿嬌。人生失意無南北。

低徊二句言漢帝之猶有眼力。勝於神宗。意態句言人不易知。可憐句用意忠厚。末言君恩之不可恃。

明妃初嫁與胡兒。氈車百兩皆胡姬。含情欲說獨無處。傳與琵琶心自知。黃金捍撥春風手。彈看飛鴻勸胡酒。漢宮侍女暗垂淚。沙上行人却回首。漢恩自淺胡自深。人生樂在相知心。可憐青塚已蕪沒。尙有哀絃留至今。

漢恩二句。卽與我善者爲善人意。本普通公理。說得太露耳。二詩荆公自己寫照之最顯者。

書任村馬鋪

兒童繫馬黃河曲近岸河流如可掬任村炊米朝食魚日暮滎陽驛中宿投老經過
身獨在當時洲渚今平陸秫黍冥冥十數家仰視荒蹊但喬木冰盤羹美客自知起
看白水還東馳爾來百口皆年少歸與何人共此悲

並無深意音節獨絕

葛蘊作巫山高愛其飄逸因亦作一篇

巫山高偃薄江水之滔滔水於天下實至險山亦起伏為波濤其巔冥冥不可見崖
岸斗絕悲猨猱赤楓青櫟生滿谷山鬼白日樵人遭窈窕陽臺彼神女朝朝暮暮能
雲雨以雲為衣月為褚乘光服暗無留阻崑崙曾城道可取方丈蓬萊多伴侶塊獨
守此嗟何求況乃低徊夢中語

三四兩句橫絕一世何減嶔崎乎數州之間灌注乎天下之半邪是能以文為
詩者海於天地間為物最巨猶詞費矣山鬼於各詩辭中三次見面愈出愈奇
矣乘光七字亦驚人語

哭梅聖俞

詩行於世先春秋。國風變衰始柏舟。文辭感激多所憂。律呂尙可諧鳴球。先王澤竭士已偷。紛紛作者始可羞。其聲與節急以浮。眞人當天施再流。篤生梅公應時求。頌歌文武功業優。經奇緯麗散九州。衆皆少銳老則不。翁獨辛苦不能休。惜無采者入名遒。貴人憐公靑兩眸。吹噓可使高岑樓。坐令隱約不見收。空能乞錢助饋餾。疑此有物司諸幽。栖栖孔孟葬魯鄒。後始卓犖稱軻丘。聖賢與命相楯矛。勢欲强達誠無由。詩人況又多窮愁。李杜亦不爲公侯。公窺窮阨以身投。坎坷坐老當誰尤。吁嗟豈卽非善謀。虎豹雖死皮終留。飄然載喪下陰溝。粉書軸幅懸無旒。高堂萬里哀白頭。東望使我商聲謳。

起二語探驪得珠。全題在握。入後不但詞費。太覺外重內輕矣。

半山春晚卽事

春風取花去。酬我以淸陰。翳翳陂路靜。交交園屋深。牀敷每小息。杖屨或幽尋。惟有

北山鳥經過遺好音

首十字從唐人綠陰清潤似花時來

定林

漱甘涼病齒坐曠息煩襟因脫水邊屨就敷巖上衾但留雲對宿仍值月相尋眞樂非無寄悲蟲亦好音

頗有王右丞松風吹解帶山月照彈琴意境

壬辰寒食

客思似楊柳春風千萬條更傾寒食淚欲漲冶城潮巾髮雪爭出鏡顏朱早凋未知軒冕樂但欲老漁樵

起十字無窮生清新餘衰颯太過

送程公闢得謝歸姑蘇

東歸行路歎賢哉碧落新除寵上才白傅林塘傳畫去吳王花鳥入詩來唱酬自有

徵之在談笑應容逸少陪（少保元絳謝事居姑蘇又王中甫善歌詞與相唱酬燕集）除此兩翁相見外不知三逕爲誰開

思王逢原三首錄一首

蓬蒿今日想紛披冢上秋風又一吹妙質不爲平世得微言唯有故人知廬山南墮當書案溢水東來入酒卮陳迹可憐隨手盡欲歡無復似當時

五六寫出逢原爲間氣所鍾

寄闕下諸父兄兼示平甫兄弟

父兄爲學衆人知小弟文章亦自奇家勢到今宜有後士才如此豈無時久聞陽羨溪山好頗與淵明性分宜但願一門皆貴仕時將車馬過茅茨

雖非由衷之言而說來故自動聽

歌元豐

豚柵雞塒晻靄間暮林搖落獻南山豐年處處人家好隨意飄然得往還

微有楊子幼豆落爲其意。

謝安墩

我名公字偶相同。我屋公墩在眼中。公去我來墩屬我。不應墩姓尙隨公。

山陂

山陂院落今挼種。城郭樓臺已放燈。白髮逢春唯有睡。睡聞啼鳥亦生憎。

北陂杏花

一陂春水遶花身。花影妖嬈各占春。縱被春風吹作雪。絶勝南陌碾成塵。

末二語恰是自己身分。

北山

北山輸綠漲橫陂。直塹回塘灧灧時。細數落花因坐久。緩尋芳草得歸遲。

勘會賀蘭溪主 賀蘭溪洛京地名陳繹買地築居於鄆中問之

賀蘭溪上幾株松。南北東西有幾峯。買得住來今幾日。尋常誰與坐從容。

末二句竟開誠齋先路。

書湖陰先生壁

茆簷長掃淨無苔。花木成畦手自栽。一水護田將綠繞。兩山排闥送青來。

示公佐

殘生傷性老躭書。年少東來復起予。各據槁梧同不寐。偶然聞雨落堦除。

金陵即事三首錄二首

水際柴門一半開。小橋分路入青苔。背人照影無窮柳。隔屋吹香併是梅。

荆公絕句多對語。甚工者似是作律詩未就。化成截句。

結綺臨春歌舞地。荒蹊狹巷兩三家。東風漫漫吹桃李。非復當時仗外花。

烏塘

烏塘渺渺綠平隄。隄上行人各有攜。試問春風何處好。辛夷如雪柘岡西。

午枕

午枕花前簟欲流。日催紅影上簾鈎。窺人鳥喚悠颺夢。隔水山供宛轉愁。

鍾山卽事

澗水無聲繞竹流。竹西花草弄春柔。茅簷相對坐終日。一鳥不鳴山更幽。

送和甫至龍安微雨因寄吴氏女子

荒煙涼雨助人悲。淚染衣巾不自知。除却春風沙際綠。一如看汝過江時。

夜直

金爐香燼漏聲殘。翦翦輕風陣陣寒。春色惱人眠不得。月移花影上欄干。

越人以幕養花因遊其下

尙有殘紅已可悲。更憂回首秖空枝。莫嗟身世渾無事。睡過春風作惡時。

鄞縣西亭

收功無路去無田。竊食窮城度兩年。更作世間兒女態。亂栽花竹養風煙。

六言絕句二首

柳葉鳴蜩綠暗。荷花落日紅酣。三十六陂春水。白頭相見江南。

二十年前此地。父兄持我東西。今日重來白首。欲尋舊迹都迷。

絕代銷魂荆公詩當以此二首壓卷。東坡見之曰。此老野狐精也。遂和之。又句云。祟桃兮炫晝。積李兮縞夜。寫桃李得未曾有。余嘗言荆公詩有世說所稱謝征西之妖冶。沈子培極以爲然。荆公功名士。胸中未能免俗。然饒有山林氣。相業不得意。或亦氣機相感邪。

蘇軾字子瞻眉州眉山人官至翰林學士謚文忠

往富陽新城李節推先行三日留風水洞見待

春山磔磔鳴春禽。此間不可無我吟。路長漫漫傍江浦。此間不可無君語。金鯽池邊不見君。追君直過定山村。路人皆言君未遠。騎馬少年清且婉。風巖水穴舊聞名。只隔山溪夜不行。溪橋曉溜浮梅蕚。知君繫馬巖花落。出城三日尙逶遲。妻孥怪罵歸何時。世上小兒誇疾走。如君相待今安有。

此種作法。最患平衍。節節轉韻。稍不直致。

新城道中二首

東風知我欲山行。吹斷簷間積雨聲。嶺上晴雲披絮帽。樹頭初日挂銅鉦。野桃含笑竹籬短。溪柳自搖沙水清。西崦人家應最樂。煮葵燒筍餉春耕。

身世悠悠我此行。溪邊委轡聽溪聲。散材畏見搜林斧。疲馬思聞卷旆鉦。細雨足時茶戶喜。亂山深處長官清。人間歧路知多少。試向桑田問耦耕。

第六句有微詞。

過江夜行武昌山聞黃州鼓角

清風弄水月銜山。幽人夜渡吳王峴。黃州鼓角亦多情。送我南來不辭遠。江南又聞出塞曲。半雜江聲作悲健。誰言萬方聲一概。鼉憤龍愁爲余變。我記江邊枯柳樹。未死相逢眞識面。他年一葉泝江來。還吹此曲相迎餞。

鼓角送行。未經人道過。

泛潁

我性喜臨水。得潁意甚奇。到官十日來。九日河之湄。吏民笑相語。使君老而癡。使、君、實、不、癡。流、水、有、令、姿。遶郡十餘里。不駛亦不遲。上流直而清。下流曲而漪。畫船俯明鏡。笑、問、汝、爲、誰。忽、然、生、鱗、甲。亂、我、鬚、與、眉。散爲。百。東。坡。頃刻。復。在。茲。此豈水薄相。與我相娛嬉。聲色與臭味。顚倒眩小兒。等是兒戲物。水中少磷潾。趙陳兩歐陽。同參天人師。觀妙各有得。共賦泛潁詩。

慈湖峽阻風

我、行、都、是、退、之、詩。眞、有、人、家、水、半、扉。千、頃、桑、麻、在、舡、底。空、餘、石、髮、挂、魚、衣。

澄邁驛通潮閣

餘生欲老海南村。帝遣巫陽招我魂。杳。杳。天。低。鶻。沒。處。青。山。一。髮。是。中。原。

虞伯生題畫詩云。青山一髮是江南。全套此詩。

王維吳道子畫

何處訪吳畫。普門與開元。開元有東塔。摩詰留手痕。吾觀畫品中。莫如二子尊。道子實雄放。浩如海波翻。當其下手風雨快。筆所未到氣已吞。亭亭雙林間。彩暈扶桑暾。中有至人談寂滅。悟者悲涕迷者手自捫。蠻君鬼伯千萬萬。相排競進頭如黿。摩詰本詩伯。佩芷襲芳蓀。今觀此壁畫。亦若其詩淸且敦。祇園弟子盡鶴骨。心如死灰不復溫。門前兩叢竹。雪節貫霜根。交柯亂葉動無數。一一皆可尋其源。吳生雖妙絕。猶以畫工論。摩詰得之於象外。有如僊翮謝籠樊。吾觀二子皆神俊。又於維也斂衽無間言。

大凡名大家古詩。每篇必有一二驚人名句。全篇方鎭壓得住。其鱗爪之。而亦不處處用全力也。

眞興寺閣

山川與城郭。漠漠同一形。市人與鴉鵲。浩浩同一聲。此閣幾何高。何人之所營。側身送落日。引手攀飛星。當年王中令。斫木南山赬。寫眞留閣下。鐵面眼有稜。身彊八九

尺與閣兩崢嶸古人雖暴恣作事令世驚登者尙呀喘作者何以勝曷不觀此閣其人勇且英

此坡公五古之以健勝者

石蒼舒醉墨堂

人生識字憂患始姓名粗記可以休何用草書誇神速開卷惝怳令人愁我嘗好之每自笑君有此病何年瘳自言其中有至樂適意無異逍遙遊近者作堂名醉墨如飲美酒銷百憂乃知柳子語不妄病嗜土炭如珍羞君於此藝亦云至堆牆敗筆如山丘興來一揮百紙盡駿馬倏忽踏九州我書意造本無法點畫信手煩推求胡爲議論獨見假隻字片紙皆藏收不減鍾張君自足下方羅趙我亦優不須臨池更苦學完取絹素充衾裯

傳堯俞濟源草堂

微官共有田園興老罷方尋隱退廬栽種成陰十年事倉皇求買萬金無先生卜築

臨清濟喬木如今似畫圖鄰里亦知偏愛竹春來相與護龍雛

越州張中舍壽樂堂

青山偃蹇如高人常時不肯入官府高人自與山有素不待招邀滿庭戶臥龍蟠屈半東州萬室鱗鱗枕其股背之不見與無同狐裘反衣無乃魯張君眼力覷天奥能遺荆榛化堂宇持頤宴坐不出門收攬奇秀得十五才多事少厭閑寂臥看雲煙變風雨笋如玉筯椹如簪强飲且爲山作主不憂兒輩知此樂但恐造物怪多取春濃睡足午牕明想見新茶如潑乳

公七古多似昌黎而收處常不逮

和鮮于子駿鄆州新堂月夜二首

去歲遊新堂春風雪消後池中半篙水池上千尺柳佳人如桃李胡蝶入衫袖山川今何許疆界已分宿歲月不可思駛若舡放溜繁華眞一夢寂寞兩榮朽惟有當時月依然照杯酒應憐船上人坐穩不知漏

明月入華池反照池上堂堂上隱几人心與水月涼風螢已無迹露草時有光起觀河漢流步屧響長廊名都信繁會千指調絲簧先生病不飲童子爲燒香獨作五字詩清絕如韋郎詩成月漸側皎皎兩相望

短篇五古非坡公所長淸脆而已

南堂五首

江上西山半隱堤此邦臺觀一時西南堂獨有西南向臥看千帆落淺溪

暮年眼力嗟猶在多病顛毛却未華故作明牕書小字更開幽室養丹砂

他時雨夜困移床坐厭愁聲點客腸一聽南堂新瓦響似聞東塢小荷香

山家爲割千房蜜稚子新畦五畝蔬更有南堂堪著客不憂門外故人車

掃地燒香閉閤眠簟紋如水帳如煙客來夢覺知何處挂起西牕浪接天

遊金山寺

我家江水初發源宦遊直送江入海聞道潮頭一丈高天寒尚有沙痕在中泠南畔

石盤陁古來出沒隨濤波試登絕頂望鄉國江南江北青山多羈愁畏晚尋歸楫山僧苦留看落日微風萬頃靴紋細斷霞半空魚尾赤是時江月初生魄二更月落天深黑江心似有炬火明飛焰照山栖鳥驚悵然歸臥心莫識非鬼非人竟何物江山如此不歸山江神見怪驚我頑我謝江神豈得已有田不歸如江水

一起高屋建瓴爲蜀人獨足誇口處通篇遂全就望鄉歸山落想可作莊子秋水篇讀

雨中遊天竺靈感觀音院

蠶欲老麥半黃前山後山雨浪浪農夫輟耒女廢筐白衣仙人在高堂

與毛令方尉遊西菩提寺二首

推擠不去已三年魚鳥依然笑我頑人未放歸江北路天教看盡浙西山尚書清節衣冠後處士風流水石間一笑相逢那易得數詩狂語不須刪

路轉山腰足未移水清石瘦便能奇白雲自占東西嶺明月誰分上下池黑黍黃粱

初熟後。朱柑綠橘半甜時。人生此樂須天賦。莫遣兒曹取次知。

三四摹仿樂天。

少年時嘗過一村院見壁上有詩云夜涼疑有雨院靜似無僧不知何人作也

宿黃州禪智寺寺僧皆不在夜半雨作偶記此詩故作一絕

佛燈漸暗飢鼠出。山雨忽來脩竹鳴。知是何人舊詩句。已應知我此時情。

雪後到乾明寺遂宿

門外山光馬亦驚。堦前屐齒我先行。風花誤入長春苑。雲月長臨不夜城。未許牛羊傷至潔。且看鴉鵲弄新晴。更須攜被留僧榻。待聽摧簷瀉竹聲。

寫山光眞寫得出。

泗州僧伽塔

我昔南行舟繫汴。逆風三日沙吹面。舟人共勸禱靈塔。香火未收旗脚轉。回頭頃刻失長橋。却到龜山未朝飯。至人無心何厚薄。我自懷私欣所便。耕田欲雨刈欲晴。去得順風來者怨。若使人人禱輒遂。造物應須日千變。我今身世兩悠悠。去無所逐來無戀。得行固願留不惡。每到有求神亦倦。退之舊云三百尺。澄觀所營今已換。不嫌俗士汙丹梯。一看雲山遶淮甸。

中數句從樵風涇翻出。遂成名言。

寒食雨二首

自我來黃州。已過三寒食。年年欲惜春。春去不容惜。今年又苦雨。兩月秋蕭瑟。臥聞海棠花。泥汙臙脂雪。暗中偷負去。夜半眞有力。何殊病少年。病起頭已白。

春江欲入戶。雨勢來不已。小屋如漁舟。濛濛水雲裏。空庖煑寒菜。破竈燒濕葦。那知是寒食。但見烏銜紙。君門深九重。墳墓在萬里。也擬哭塗窮。死灰吹不起。

與鄆州新堂二首皆次首勝。

守歲

欲知垂盡歲。有似赴壑蛇。脩鱗半已沒。去意誰能遮。況欲繫其尾。雖勤知奈何。兒童

彊不睡相守夜諠譁晨雞且勿唱更鼓畏添撾坐久燈燼落起看北斗斜明年豈無年心事恐蹉跎努力盡今夕少年猶可誇

除夜野宿常州城外二首

行歌野哭兩堪悲遠火低星漸向微病眼不眠非守歲鄉音無伴苦思歸重衾脚冷知霜重新沐頭輕感髮稀多謝殘燈不嫌客孤舟一夜許相依

南來三見歲云徂直恐終身走道塗老去怕看新曆日退歸擬學舊桃符煙花已作青春意霜雪偏尋病客鬚但把窮愁博長健不辭最後飲屠酥

金山夢中作

江東賈客木綿裘會散金山月滿樓夜半潮來風又熟臥吹簫管到揚州

公與蔡忠惠歐陽文忠皆有夢中作詩境皆奇

九月二十日微雪懷子由弟二首錄一

岐陽九月天微雪已作蕭條歲暮心短日送寒砧杵急冷官無事屋廬深愁腸別後

能消酒。白髮秋來已上簪。近買貂裘堪出塞。忽思乘傳問西陲。

暴雨初晴樓上晚景

洛邑從來天地中。嵩高蒼翠北邙紅。風流耆舊消磨盡。只有青山對病翁。

是能字向紙上皆軒昂者。

有美堂暴雨

遊人脚底一聲雷。滿座頑雲撥不開。天外黑風吹海立。浙東飛雨過江來。十分瀲灩金樽凸。千杖敲鏗羯鼓催。喚起謫仙泉灑面。倒傾蛟室瀉瓊瑰。

三句尙是用杜陵語。四句的是自家語。

雪後書北臺壁二首

黃昏猶作雨纖纖。夜靜無風勢轉嚴。但覺衾裯如潑水。不知庭院已堆鹽。五更曉色來書幌。半夜寒聲落畫簷。試掃北臺看馬耳。未隨埋沒有雙尖。

城頭初日始翻鴉。陌上晴泥已沒車。凍合玉樓寒起粟。光搖銀海眩生花。遺蝗入地

應千尺宿麥連雲有幾家老病自嗟詩力退空吟冰柱憶劉叉

聚星堂雪 幷序

元祐六年十一月一日禱雨張龍公得小雪與客會飲聚星堂忽憶歐陽文忠公作守時雪中約客賦詩禁體物語於艱難中特出奇麗爾來四十餘年莫有繼者僕以老門生繼公後雖不足追配先生而賓客之美殆不減當時公之二子又適在郡故輒舉前令各賦一篇

牕前暗響鳴枯葉龍公試手初行雪映空先集疑有無作態斜飛正愁絕衆賓起舞風竹亂老守先醉霜松折恨無翠袖點橫斜秖有微燈照明滅歸來尙喜更鼓永晨起不待鈴索掣未嫌長夜作衣稜却怕初陽生眼纈欲浮大白追餘賞幸有回飇驚落屑模糊檜頂獨多時歷亂瓦溝裁一瞥汝南先賢有故事醉翁詩話誰續說當時號令君聽取白戰不許持寸鐵

畫龍最後點睛結不落套

江上值雪效歐陽體限不以鹽玉鶴鷺絮蝶飛舞之類爲比仍不使皓白潔素等字次子由韻

縮頸夜眠如凍龜。雪來惟有客先知。江邊曉起浩無際。樹杪風多寒更吹。青山有似少年子。一夕變盡滄浪髭。方知陽氣在流水。沙上盈尺江無澌。隨風顛倒紛不擇。下滿坑谷高陵危。江空野闊落不見。入戶但覺輕絲絲。沾裳細看巧刻鏤。豈有一一天工爲。霍然一麾徧九野。吁此權柄誰執持。世間苦樂知有幾。今我幸免沾膚肌。山夫只見壓樵擔。豈知帶酒飄歌兒。天王臨軒喜有麥。宰相獻壽嘉及時。凍吟書生筆欲折。夜織貧女寒無帷。高人着屐踏冷冽。飄拂巾帽眞仙姿。野僧斫路出門去。寒液滿鼻清淋漓。洒袍入袖濕靴底。亦有執板趍階墀。舟中行客何所愛。願得獵騎當風披。草中咻咻有寒兔。孤隼下擊千夫馳。敲冰煮鹿最可樂。我雖不飲强倒巵。楚人自古好弋獵。誰能往者我欲隨。紛紜旋轉從滿面。馬上操筆爲賦之。

二雪詩結束皆能避熟。

大風留金山兩日

塔上一鈴獨自語明日顛風當斷渡朝來白浪打蒼崖倒射軒窗作飛雨龍驤萬斛不敢過漁艇一葉從掀舞細思城市有底忙却笑蛟龍爲誰怒無事久留童僕怪有風聊得妻孥許灊山道人獨何事半夜不眠聽粥鼓

一起突兀似有佛圖澄在坐收無聊

題西林壁

橫看成嶺側成峯遠近高低無一同不識廬山眞面目只緣身在此山中

此詩有新思想似未經人道過

百步洪二首并序　錄一

王定國訪予於彭城一日棹小舟與顏長道攜盼英卿三子游泗水北上聖女山南下百步洪吹笛飲酒乘月而歸余時以事不往夜着羽衣佇立於黃樓上相視而笑以謂李太白死世無此樂三百餘年矣定國已去逾月余復

與錢塘參寥師。放舟洪下。追懷曩遊。已爲陳迹。喟然而嘆。故作二詩。一以遺參寥。一以寄定國。且示顏長道舒堯文。請同賦云。

長洪斗落生跳波。輕舟南下如投梭。水師絶叫鳧鴈起。亂石一線爭磋磨。有如兔走鷹隼落。駿馬下注千丈坡。斷絃離柱箭脫手。飛電過隙珠翻荷。四山眩轉風掠耳。但見流沫生千渦。嶮中得樂雖一快。何異水伯誇秋河。我生乘化日夜逝。坐覺一念逾新羅。紛紛爭奪醉夢裏。豈信荊棘埋銅駝。覺來俯仰失千刼。回視此水殊委佗。君看岸邊蒼石上。古來篙眼如蜂窠。但應此心無所住。造物雖駛如吾何。回船上馬各歸去。多言譊譊師所呵。

坡公喜以禪語作達。數見無味。此詩就眼前篙眼指點出。眞非鈍根人所及矣。兔走四句。從六如來。從韓文燭照龜卜來。此遺山所謂百態妍也。

夜泛西湖

菰蒲無邊水茫茫。荷花夜開風露香。漸見燈明出遠寺。更待月黑看湖光。

末句未有人說過。

軾在潁州與趙德麟同治西湖未成改揚州三月十六日湖成德麟有詩見懷次韻

太山秋毫兩無窮。鉅細本出相形中。大千起滅一塵裏。未覺杭潁誰雌雄。我在錢唐拓湖淥。大堤士女爭昌丰。六橋橫絕天漢上。北山始與南屏通。忽驚三十五萬丈。老葑席卷蒼雲空。朅來潁尾弄秋色。一水縈帶昭靈宮。坐思吳越不可到。借君月斧修朣朧。二十四橋亦何有。換此十頃玻瓈風。雷塘水乾禾黍滿。寶釵耕出餘鸞龍。明年詩客來弔古。伴我霜夜號秋蟲。

二湖本有優劣。聊作平等觀而已。

舟中夜起

微風蕭蕭吹菰蒲。開門看雨月滿湖。舟人水鳥兩同夢。大魚驚竄如奔狐。夜深人物不相管。我獨形影相嬉娛。暗潮生渚弔寒蚓。落月掛柳看懸蛛。此生忽忽憂患裏。清境過眼能須臾。雞鳴鐘動百鳥散。船頭擊鼓還相呼。

水宿風景如畫。

六月二十七日望湖樓醉書五絕 錄二

放生魚鼈逐人來。無主荷花到處開。水枕能令山俯仰。風舡解與月徘徊。

未成小隱聊中隱。可得長閑勝暫閑。我本無家更安往。故鄉無此好湖山。

望海樓晚景五絕 錄一

青山斷處塔層層。隔岸人家喚欲譍。江上秋風晚來急。爲傳鐘鼓到西興。

九日黃樓作

去年重陽不可說。南城夜半千漚發。水穿城下作雷鳴。泥滿城頭飛雨滑。黃花白酒無人問。日暮歸來洗靴韈。豈知還復有今年。把盞對花容一呷。莫嫌酒薄紅粉陋。終勝泥中千柄鍤。黃樓新成壁未乾。青荷已落霜初殺。朝來白霧細如雨。南山不見千尋刹。樓前便作海茫茫。樓下空聞櫓鴉軋。薄寒中人老可畏。熱酒澆腸氣先壓。煙銷日出見漁村。遠水鱗鱗。山鬱鬱。詩人猛士雜龍虎。楚舞吳歌亂鵝鴨。一杯相屬君勿辭。此境何殊泛清霅。

以鵝鴨對龍虎。所謂嘻笑成文章也。

孫莘老求墨妙亭詩

蘭亭繭紙入昭陵。世間遺跡猶龍騰。顏公變法出新意。細筋入骨如秋鷹。徐家父子亦秀絕。字外出力中藏稜。嶧山傳刻典刑在。千載筆法留陽冰。杜陵評書貴瘦硬。此論未公吾不憑。短長肥瘦各有態。玉環飛燕誰敢憎。吳興太守真好古。購買斷缺揮縑繒。龜趺入坐螭隱壁。空齋晝靜聞登登。奇蹤散出走吳越。勝事傳說誇友朋。書來乞詩要自寫。爲把栗尾書溪藤。後來視今猶視昔。過眼百世如風燈。他年劉郎憶賀監。還道同時須服膺。

此首僅有一二名句。

待月臺

月與高人本有期挂簷低戶映蛾眉只從昨夜十分滿漸覺冰輪出海遲

溪光亭

決去湖波尚有情却隨初日動簷楹溪光自古無人畫憑仗新詩與寫成

篔簹谷

漢川脩竹賤如蓬斤斧何曾赦籜龍料得清貧饞太守渭川千畝在胸中

坡詩名句多可作典故用此類殆不勝數

寒蘆港

溶溶晴港漾春暉蘆筍生時柳絮飛還有江南風物否桃花流水鮆魚肥

南園

不種夭桃與綠楊使君應欲作農桑春疇雨過羅紈膩麥隴風來餅餌香

後二句卽長江繞郭一聯作法

東欄梨花

梨花淡白柳深青。柳絮飛時花滿城。惆悵東欄一株雪。人生看得幾清明。

司馬君實獨樂園

青山在屋上。流水在屋下。中有五畝園。花竹秀而野。花香襲杖屨。竹色侵盞斝。樽酒樂餘春。棊局消長夏。洛陽古多士。風俗猶爾雅。先生臥不出。冠蓋傾洛社。雖云與衆樂。中有獨樂者。才全德不形。所貴知我寡。先生獨何事。四海望陶冶。兒童誦君實。走卒知司馬。持此欲安歸。造物不我捨。名聲逐吾輩。此病天所赭。撫掌笑先生。年來效喑啞。

東坡五七古。遇端莊題目。不能用禪語詼諧語者。則以對偶排奡出之。

飲湖上初晴後雨

水光瀲灩晴方好。山色空濛雨亦奇。欲把西湖比西子。淡粧濃抹總相宜。

後二句遂成爲西湖定評。

月夜與客飲酒杏花下

杏花飛簾散餘春。明月入戶尋幽人。褰衣步月踏花影。炯如流水涵青蘋。花間置酒清香發。爭挽長條落香雪。山城薄酒不堪飲。勸君且吸杯中月。洞簫聲斷月明中。惟憂月落酒杯空。明朝卷地春風惡。但見綠葉栖殘紅。

書丹元子所示李太白眞

天人幾何同一漚。謫仙非謫乃其游。麾斥八極隘九州。化爲兩鳥鳴相酬。一鳴一止三千秋。開元有道爲少留。縻之不可矧肯求。西望太白橫峨岷。眼高四海空無人。大兒汾陽中令君。小兒天台坐忘身。平生不識高將軍。手汙吾足乃敢嗔。作詩一笑君應聞。

末以嘻笑爲怒駡語妙。

於潛僧綠筠軒

可使食無肉。不可使居無竹。無肉令人瘦。無竹令人俗。人瘦尚可肥。俗士不可醫。旁人笑此言。似高還似癡。若對此君仍大嚼。世間那有揚州鶴。

此詩從史記滑稽傳化出。

陌上花三首并引　錄一

游九仙山。聞里中兒歌陌上花。吳越王妃每歲春必歸臨安。王以書遺妃曰。陌上花開。可緩緩歸矣。吳人用其語爲歌。含思宛轉。聽之淒然。而其詞鄙野。爲易之云。

陌上花開胡蝶飛。江山猶是昔人非。遺民幾度垂垂老。遊女長歌緩緩歸。

海棠

東方嫋嫋泛崇光。香霧霏霏月轉廊。只恐夜深花睡去。高燒銀燭照紅粧。

贈孫莘老

嗟予與子久離羣。耳冷心灰百不聞。若對青山談世事。當須舉白便浮君。

辛丑十一月十九日既與子由別於鄭州西門之外馬上賦詩一篇寄之

不飲。胡爲。醉兀兀。此心。已逐。歸鞍。發歸人猶自念庭闈。今我何以慰寂寞。登高回首坡隴隔惟見烏帽出復沒苦寒念爾衣裘薄獨騎瘦馬踏殘月路人行歌居人樂僮僕怪我苦悽惻亦知人生要有別但恐歲月去飄忽寒燈相對記疇昔夜雨何時聽蕭瑟君知此意不可忘愼勿苦愛高官職

可當陟岵陟岡詩讀

和子由澠池懷舊

人生到處知何似應似飛鴻踏雪泥泥上偶然留指爪鴻飛那復計東西老僧已死成新塔壞壁無由見舊題往日崎嶇還記否路長人困蹇驢嘶

捕蝗至浮雲嶺山行疲苦有懷子由弟二首錄一

霜風漸欲作重陽熠熠溪邊野菊黃久廢山行疲犖确尙能村醉舞淋浪獨眠牀上夢魂好回首人間憂患長殺馬毀車從此逝子來何處問行藏

子由將赴南都與余會宿於逍遙堂作兩絕句讀之殆不可爲懷因和其詩以自解余觀子由自少曠達天資近道又得至人養生長年之訣而余亦竊聞

其一二以爲今者宦遊相別之日淺而異時退休相從之日長既以自解且以慰子由錄一

別期漸近不堪聞風雨蕭蕭已斷魂猶勝相逢不相識形容變盡語音存

六年正月二十日復出東門仍用前韻

亂山環合水侵門身在淮南盡處村五畝漸成終老計九重新掃舊巢痕豈惟見慣沙鷗熟已覺來多釣石溫長與東風約今日暗香先返玉梅魂

讀五六兩句覺旄丘之何多日也何其久也殊少含蓄矣

西太一見王荆公舊詩偶次其韻

但有樽中若下何須墓上征西聞道烏衣巷口而今煙草萋迷

荆公居金陵是時已卒故云

臘日遊孤山訪惠勤惠思二僧

天欲雪雲滿湖樓臺明滅山有無水清出石魚可數林深無人鳥相呼臘日不歸對

妻孥名尋道人實自娛道人之居在何許寳雲山前路盤紆孤山孤絶誰肯廬道人有道山不孤紙窗竹屋深自暖擁褐坐睡依團蒲天寒路遠愁僕夫整駕催歸及未晡出山迴望雲木合但見野鶻盤浮圖兹遊淡泊歡有餘到家怳如夢蘧蘧作詩火急追亡逋清景一失後難摹

九日尋臻闍棃遂泛小舟至懃師院

湖上青山翠作堆葱葱鬱鬱氣佳哉笙歌叢裏抽身出雲水光中洗眼來白足赤髭迎我笑拒霜黃菊爲誰開明年桑苧煎茶處憶着衰翁首重迴

首句青翠二字複青字可改

文與可有詩見寄云待將一段鵝溪絹掃取寒梢萬尺長次韻答之

爲愛鵝溪白繭光掃殘雞距紫毫芒世間那有千尋竹月落庭空影許長

次韻子由使契丹至涿州見寄四首

老人癡鈍已逃寒子復辭行理亦難要到盧龍看古塞投文易水弔燕丹

胡羊代馬得安眠。窮髮之南共一天。又見子卿持漢節。遙知遺老泣山前。
氈毳年來亦甚都。時時鴂舌問三蘇。那知老病渾無用。欲問君王乞鏡湖。
始憶庚寅降屈原。旋看蠟鳳戲僧虔。隨翁萬里心如鐵。此子何勞爲買田。

送安惇秀才失解西歸

舊書不厭百回讀。熟讀深思子自知。他年名宦恐不免。今日棲遲那可追。我昔家居斷還往。著書不復窺園葵。朅來東遊慕人爵。弃去舊學從兒嬉。狂謀謬算百不遂。惟有霜鬢來如期。故山松柏皆手種。行且拱矣歸何時。萬事早知皆有命。十年浪走寧非癡。與君未可較得失。臨別唯有長嗟咨。

一片忠告。豈已略知章之爲人乎。

送子由使契丹

雲海相望寄此身。那因遠適更沾巾。不辭驅騎凌風雪。要使天驕識鳳麟。沙漠回看清禁月。湖山應夢武陵春。單于若問君家世。莫道中朝第一人。

和子由踏青

春風陌上驚微塵遊人初樂歲華新人閑正好路旁飲麥短未怕遊車輪城中居人厭城郭喧鬨曉出空四鄰歌鼓驚山草木動簞瓢散野烏鳶馴何人聚衆稱道人遮道賣符色怒嗔宜蠶使汝蠒如甕宜畜使汝羊如麕路人未必信此語彊爲買服禳新春道人得錢徑沽酒醉倒自謂吾符神

不甚高妙景物名大家能寫得恰如分際小名家則非雅事不肯落筆矣

自金山放船至焦山

金山樓觀何眈眈撞鐘擊鼓聞淮南焦山何有有脩竹採薪汲水僧兩三雲霾浪打人迹絕時有沙戶祈春蠶我來金山更留宿而此不到心懷慚同遊盡返決獨往賦命窮薄輕江潭清晨無風浪自湧中流歌嘯倚半酣老僧下山驚客至迎笑喜作巴人談自言久客忘鄉井只有彌勒爲同龕困眠得就紙帳暖飽食未厭山蔬甘山林飢餓古亦有無田不退寧非貪展禽雖未三見黜叔夜自知七不堪行當投劾謝簪

組爲我住處留茅庵

　後半用意平常

病中遊祖塔院

紫李黃瓜村路香烏紗白葛道衣涼閉門野寺松陰轉攲枕風軒客夢長因病得閑殊不惡安心是藥更無方道人不惜階前水借與匏樽自在嘗

　寫景中要有興味所謂有人存也亂山環合十日春寒各首皆是

惠崇春江晚景二首 錄一

竹外桃花三兩枝春江水暖鴨先知蔞蒿滿地蘆芽短正是河豚欲上時

　毛西河並此亦要批駁豈眞傖父至是哉想亦口强耳

八月十五日看潮五絕 錄三

定知玉兔十分圓已作霜風九月寒寄語重門休上鑰夜潮留向月中看

萬人鼓譟懾吳儂猶似浮江老阿童欲識潮頭高幾許越山渾在浪花中

江神河伯兩醯雞海若東來氣吐霓安得夫差水犀手三千彊弩射潮低

東坡一絕

雨洗東坡月色淸市人行盡野人行莫嫌犖确坡頭路自愛鏗然曳杖聲

東坡興趣佳不論何題必有一二佳句此類是也

初到黃州

自笑平生爲口忙老來事業轉荒唐長江遶郭知魚美好竹連山覺筍香逐客不妨員外置詩人例作水曹郎只慚無補絲毫事尙費官家壓酒囊

正月二十日往岐亭郡人潘古郭三人送余於女王城東禪莊院

十日春寒不出門不知江柳已搖村稍聞決決流氷谷盡放青青沒燒痕數畝荒園留我住半瓶濁酒待君溫去年今日關山路細雨梅花正斷魂

書林逋詩後

吳儂生長湖山曲呼吸湖光飲山淥不論世外隱君子傭奴販婦皆冰玉先生可是

絕俗人神清骨冷無由俗我不識君曾夢見瞳子瞭然光可燭遺篇妙字處處有步邊西湖看不足詩如東野不言寒書似西臺差少肉平生高節已難繼將死微言猶可錄自言不作封禪書更肯悲吟白頭曲我笑吳人不好事好作祠堂傍脩竹不然配食水仙王一盞寒泉薦秋菊

予以事繫御史臺獄府吏稍見侵自度不能堪死獄中不得一別子由故作二詩授獄卒梁成以遺子由

聖主如天萬物春小臣愚暗自亡身百年未滿先償債十口無歸更累人是處青山可藏骨它年夜雨獨傷神與君世世爲兄弟又結來生未了因

栢臺霜氣夜淒淒風動琅璫月向低夢遶雲山心似鹿魂飛湯火命如雞眼中犀角眞吾子身後牛衣愧老妻百歲神遊定何處桐鄉知葬浙江西

東坡摘句圖

龜山云身行萬里半天下僧臥一菴初白頭　贈東林總長老云溪聲便是廣長舌

山色豈非淸淨身　甘露寺云江山豈不好獨遊情易闌　和子由論書云我雖不善書曉書莫如我又端莊雜流麗剛健含婀娜　試院煎茶云蟹眼已過魚眼生颼颼欲作松風鳴　伯時所畫王摩詰云前身陶彭澤後身韋蘇州　戲子由云讀書萬卷不讀律致君堯舜知無術　送李公擇云嗟余寡兄弟四海一子由　睡起云一枕淸風直萬錢無人肯買北窗眠　寄題吳州新開古東池云自言官長如靈運能使江山似永嘉

蘇轍字子由與兄軾同登進士第官至尙書右丞進門下侍郎自號潁濱遺老有欒城集

與兄子瞻會宿二首

逍遙堂後千章木長送中宵風雨聲誤喜對牀尋舊約不知飄泊在彭城

秋來官閣涼如水別後山公醉似泥困臥紙窗呼不起風吹松竹雨淒淒

黃庭堅字魯直號山谷道人江西分寧人官祕書丞國史編修官

古詩二首上蘇子瞻

江梅有佳實。託根桃李場。桃李終不言。朝露借恩光。孤芳忌皎潔。氷雪空自香。古來和鼎實。此物升廟廊。歲月坐成晚。煙雨青已黃。得升桃李盤。以遠初見嘗。終然不可口。擲置官道旁。但使本根在。弃捐果何傷。

次句言亦出求仕也。轉處言失時而太酸。

青松出澗壑。十里聞風聲。上有百尺絲。下有千歲苓。自性得久要。爲人制頹齡。小草有遠志。相依在平生。醫和不並世。深根且固蔕。人言可醫國。何用太早計。小大材則殊。氣味固相似。

兩首轉處皆心苦分明。餘則比體老法也。

醇道得蛤蜊復索舜泉舜泉已酌盡官醞不堪不敢送

青州從事難再得。牆底數樽猶未眠。商略督郵風味惡。不堪持到蛤蜊前。

古者送人物。必以一物居前。弦高以牛十二犒師。先以乘韋是也。末句謂酒惡不堪送。否則前字趁韵矣。世有以趁韵藉口於山谷者。眞令人齒冷也。

王稚川既得官都下有所盼未歸予戲作林夫人欸乃歌二章與之竹枝歌本出三巴其流在湖湘耳欸乃湖南歌也

花上盈盈人不歸。棗下纂纂實已垂。臘雪在時聽馬嘶。長安城中花片飛。

言由臘雪時盼到花開花落棗結實也。

從師學道魚千里。蓋世成功黍一炊。日日倚門人不見。看盡林烏反哺兒。

宿舊彭澤懷陶令

潛魚願深眇。淵明無由逃。彭澤當此時。沉冥一世豪。司馬寒如灰。禮樂卯金刀。歲晚以字行。更始號元亮。淒其望諸葛。骯髒猶漢相。時無益州牧。指揮用諸將。平生本朝心。歲月閱江浪。空餘詩語工。落筆九天上。向來非無人。此友獨可尙。屬予剛制酒。無用酌杯盎。欲招千歲魂。斯文或宜當。

古人命名。未嘗非用意有在。但專就名字上著筆。終近小巧。而鑄詞有極工處。

秋思寄子由

黃落山川知晚秋。小蟲催女獻功裘。老松閱世臥雲壑。挽著滄江無萬牛。

此亦作東坡詩然於山谷較似。

送王郎 山谷妹壻

酌君以蒲城桑落之酒。泛君以湘纍秋菊之英。贈君以黟川點漆之墨。送君以陽關墮淚之聲。酒澆胷次之磊隗。菊制短世之頽齡。墨以傳萬古文章之印。歌以寫一家兄弟之情。江山千里俱頭白。骨肉十年終眼青。連床夜語雞戒曉。書囊無底談未了。有功翰墨乃如此。何恨遠別音書少。炒沙作糜終不飽。鏤冰文章費工巧。要須心地收汗馬。孔孟行世日杲杲。有弟有弟力持家。婦能養姑供珍鮭。兒大詩書女絲麻。公但讀書煮春茶。

次韻劉景文登鄴王臺見思五首 錄一首

公詩如美色。未嫁已傾城。嫁作蕩子婦。寒機泣到明。綠琴蛛網遍。絃絕不成聲。想見鷗夷子。江湖萬里情。

次韻吳宣義三徑懷友

佳眠未知曉。屋角聞晴哢。萬事頗忘懷。猶牽故人夢。采蘭秋蓬深。汲井短綆凍。起看冥飛鴻。乃見天宇空。甚念故人寒。誰省機與綜。在者天一方。日月老賓送。往者不可言。古柏守翁仲。

起卽孟公語。末四句沈痛。

寄黃幾復

我居北海君南海。寄鴈傳書謝不能。桃李春風一杯酒。江湖夜雨十年燈。持家但有四立壁。治病不蘄三折肱。想得讀書頭已白。隔溪猿哭瘴溪藤。

次句語妙。化臭腐爲神奇也。三四爲此老最合時宜語。五六則狂奴故態矣。

送舅氏野夫之宣城二首

藉甚宣城郡。風流數貢毛。霜林收鴨脚。春網薦琴高。共理須良守。今年輟省曹。平生割雞手。聊試發硎刀。

　貢毛號以風流。語妙。鴨脚琴高當之無媿色。五句本漢詔。

試說宣城郡。停盃且細聽。晚樓明宛水。春騎簇昭亭。䆉稏豐圩戶。桁楊臥訟庭。謝公歌舞處。時對換鵝經。

　皖人各築圩。至今猶然。

次韻子瞻武昌西山

漫郎江南栖隱處。古木參天應手栽。石坳爲尊酌花鳥。自許作鼎調鹽梅。平生四海蘇太史。酒澆不下胷崔嵬。黃州副使坐閑散。諫疏無路通銀臺。鸚鵡洲前弄明月。江妃起舞襪生埃。次山醉魂招髣髴。步入寒溪金碧堆。洗湔塵痕飲嘉客。笑倚武昌江作罍。誰知文章照今古。野老爭席漁爭隈。鄧公勒銘留刻畫。刳剔銀鈎洗綠苔。琢磨十年煙雨晦。摸索一讀心眼開。謫去長沙憂服入。歸來杞國痛天摧。玉堂却對鄧公直。北門喚仗聽風雷。山川悠遠莫浪許。富貴崢嶸今鼎來。萬壑松聲如在耳。意不及此文生哀。

併子瞻於夾山付諸一慨。此時境地同也。鼎來句不免世故周旋。

子瞻詩句妙一世乃云效庭堅體蓋退之戲效孟郊樊宗師之比以文滑稽耳恐後生不解故次韻道之子瞻送楊孟容詩云我家峨眉陰與子同一邦即此韻

我詩如曹鄶。淺陋不成邦。公如大國楚。吞五湖三江。赤壁風月笛。玉堂雲霧窓。句法提一律。堅城受我降。枯松倒澗壑。波濤所舂撞。萬牛挽不前。公乃獨力扛。諸人方嗤點。渠非晁張雙。袒懷相識察。牀下拜老龐。小兒未可知。客或許敦厖。誠堪壻阿巽。買紅纏酒缸。

起四語。論者謂有微詞。理或然也。諸人四句。言本不足附蘇門。而蘇乃降格納交。

題鄭防畫夾五首 錄一首

惠崇煙雨歸鴈。坐我瀟湘洞庭。欲喚扁舟歸去。故人言是丹青。

題伯時畫嚴子陵釣灘

平生久要劉文叔。不肯爲渠作三公。能令漢家重九鼎。桐江波上一絲風。

此興到語耳。

題伯時畫松下淵明

南渡誠草草。長沙慰艱難。終風霾八表。夜半失前山。遠公香火社。遺民文字禪。雖非老翁事。幽尚亦可觀。松風自度曲。我琴不須彈。客來欲開說。觴至不得言。

次句指陶侃。四句言晉亡。

次韻子瞻以紅帶寄王宣義

參軍但有四立壁。初無臨江千木奴。白頭不是折腰具。桐帽椶鞵稱老夫。滄江鷗鷺野心性。陰壑虎豹雄牙須。鷫鷞作裘初服在。猩血染帶鄰翁無。昨來杜鵑勸歸去。更待把酒聽提壺。當今人材不乏使。天上二老須人扶。兒無飽飯尚勤書。婦無複褌且

着襦社褰可漉溪可漁更問黃雞肥與犤林間醉着人伐木猶夢官下聞追呼萬釘
圍腰莫愛渠富貴安能潤黃壚
當今二句法語之言二老謂文潞公呂申公以耄年當國

題竹石牧牛并引

子瞻畫叢竹怪石伯時增前坡牧兒騎牛甚有意態戲詠
野次小崢嶸幽篁相倚綠阿童三尺箠御此老觳觫石吾甚愛之勿遣牛礪角牛礪
角尙可牛鬭殘我竹
用太白獨漉篇調甚妙但須少加以理耳

送少章從翰林蘇公餘杭

東南淮海惟揚州國士無雙秦少游欲攀天關守九虎但有筆力回萬牛文學縱橫
乃如此故應當家有季子時來誰能力作難鴻鴈行飛入道山斑衣兒啼眞自樂從
師學道也不惡但使新年勝故年即如常在郎罷前

由厥兄遞到厥弟。餘周旋語。

予旣作竹枝詞夜宿歌羅驛夢李白相見於山間曰予往謫夜郎於此聞杜鵑作竹枝詞三疊世傳之不予細憶集中無有請三誦乃得之錄一

一聲。望。帝。花。片。飛。萬。里。明。妃。雪。打。圍。馬上胡兒那解。聽琵琶。應。道。不。如。歸。

音節極佳。先生所謂可以絃歌者。此其選矣。

題蘇若蘭回文錦詩圖

千詩織就回文錦。如此陽臺莫雨何。亦。有。英。靈。蘇。蕙。手。只。無。悔。過。竇。連。波。

次句又弄小巧。

病起荆江亭卽事十首錄二首

翰墨場中老伏波。菩提坊裏病維摩。近。人。積。水。無。鷗。鷺。時。有。歸。牛。浮。鼻。過。

興會之作。

閉門覓句陳無已。對客揮毫秦少游。正。字。不。知。溫。飽。未。西。風。吹。淚。古。藤。州。

次韻中玉水仙花二首

借水開花自一奇。水沉爲骨玉爲肌。暗香已壓酴醿倒。只比寒梅無好枝。

淤泥解作白蓮藕。糞壤能開黃玉花。可惜國香天不管。隨緣流落小民家。

末二句實有所指。況以水仙花恰稱窮巷幽姿身分。

王充道送水仙花五十枝欣然會心爲之作詠

凌波仙子生塵襪。水上輕盈步微月。是誰招此斷腸魂。種作寒花寄愁絕。含香體素欲傾城。山礬是弟梅是兄。坐對眞成被花惱。出門一笑大江橫。

一經品題。遂登大雅之堂。

戲贈米元章二首

萬里風帆水接天。麝煤鼠尾過年年。滄江盡夜虹貫月。定是米家書畫船。

我有元暉古印章。印刓不忍與諸郎。虎兒筆力能扛鼎。教字元暉繼阿章。

山谷七言絕句皆學杜少學龍標供奉者有之。岳陽樓鄂州南樓近之矣。

雨中登岳陽樓望君山二首

投荒萬死鬢毛班生出瞿塘灩澦關未到江南先一笑岳陽樓上對君山

滿川風雨獨憑欄綰結湘娥十二鬟可惜不當湖水面銀山堆裏看青山

題胡逸老致虛菴

藏書萬卷可教子遺金滿籯常作災能與貧人共年穀必有明月生蚌胎山隨宴坐畫圖出水作夜窗風雨來觀水觀山皆得妙更將何物汚靈臺

武昌松風閣

依山築閣見平川夜闌箕斗插屋椽我來名之意適然老松魁梧數百年斧斤所赦今參天風鳴媧皇五十弦洗耳不須菩薩泉嘉二三子甚好賢力貧買酒醉此筵夜雨鳴廊到曉懸相看不歸臥僧氈泉枯石燥復潺湲山川光輝爲我妍野僧早飢不能饘曉見寒谿有炊煙東坡道人已沉泉張侯何時到眼前釣臺驚濤可晝眠怡亭看篆蛟龍纏安得此身脫拘攣舟載諸友長周旋

讀次句。覺紗窗宿斗牛。猶近牽强。

次韻文潛

武昌赤壁弔周郎。寒溪西山尋漫浪。忽聞天上故人來。呼舡凌江不待餉。我瞻高明少吐氣。君亦歡喜失微恙。年來鬼祟覆三豪。詞林根柢頗搖蕩。天生大材竟何用。只與千古拜圖像。張侯文章殊不病。歷險心膽元自壯。汀洲鴻雁未安集。風雪牖戶當塞向。有人出手辦茲事。政可隱几窮諸妄。經行東坡眠食地。拂拭寶墨生楚愴。水清石見君所知。此是吾家祕密藏。

沈痛語一二敵人千百。

鄂州南樓書事四首錄一首

四顧山光接水光。凭欄十里芰荷香。清風明月無人管。併作南樓一味涼。

寄賀方回

少游醉臥古藤下。誰與愁眉唱一盃。解作江南斷腸句。只今唯有賀方回。

書磨崖碑後

春風吹船著浯溪。扶藜上讀中興碑。平生半世看墨本。摩挲石刻鬢成絲。明皇不作苞桑計。顛倒四海由祿兒。九廟不守乘輿西。萬官已作烏擇栖。撫軍監國太子事、何乃趣取大物爲、事有至難天幸爾、上皇跼蹐還京師、內間張后色可否。外間李父頤指揮。南內淒涼幾苟活。高將軍去事尤危。臣結舂陵二三策。臣甫杜鵑再拜詩。安知忠臣痛至骨、世上但賞瓊琚詞、同來野僧六七輩。亦有文士相追隨。斷崖蒼蘚對立久。凍雨爲洗前朝悲。

此首音節甚佳。而議論未是。

郭明甫作西齋於潁尾請予賦詩二首

食貧自以官爲業。聞說西齋意凜然。萬卷藏書宜子弟。十年種木長風煙。未嘗終日不思潁。想見先生多好賢。安得雍容一樽酒。女郎臺下水如天。

三四勝張老之發遠矣。

山谷摘句圖

落木千山天遠大。澄江一道月分明。登快閣 平生幾兩屐。身後五車書。詠猩猩毛筆 有子才如不羈馬。知公心是後凋松。和高仲本喜相見 行要爭光日月。詩須皆可絃歌。再贈子勉 飽喫惠州飯。細和淵明詩。跋子瞻和陶詩 公如端爲苦筍歸。明日青衫誠可脫。次韻子瞻春菜 春去不窺園。黃鸝頗三請。晚春 水遠山長雙屬玉。身閑心苦一春鋤。池口風雨留三日 夜聽疏疏還密密。曉看整整復斜斜。風回共作婆娑舞。天教能開頃刻花。詠雪 人間風日不到處。天上玉堂森寶書。雙井茶送子瞻 管城子無食肉相。孔方兄有絕交書。戲呈孔毅父 未生白髮猶堪酒。垂上青雲却佐州。次王定國揚州見寄 張侯哦詩松韻寒。六月火雲蒸肉山。戲和文潛 人間化鶴三千歲。海上看羊十九年。觀翰林公出遊

陳師道字履常一字無已號後山彭城人年十六謁曾南豐大器之遂受業焉元符間除祕書省正字

妾薄命二首自注爲曾南豐作

主家十二樓。一身當三千。古來妾薄命。事主不盡年。起舞爲主壽。相送南陽阡。忍着主衣裳。爲人作春妍。有聲當徹天。有淚當徹泉。死者恐無知。妾身長自憐。

沈痛語。可以上接顧長康之於桓宣武。

落葉風不起。山空花自紅。捐世不待老。惠妾無其終。一死尚可忍。百歲何當窮。天地豈不寬。妾身自不容。死者如有知。殺身以相從。向來歌舞地。夜雨鳴寒蛩。

二詩比擬終嫌不倫。

贈二蘇公

岷峨之山中巴江。桂椒柟櫨楓柞樟。青金黃玉丹砂良。獸皮鳥羽不足當。異人間出駭四方。嚴王陳李司馬揚。一翁二季對相望。奇寶橫道驥服箱。誰其識者有歐陽。大科異等冏其常。小却盛之白玉堂。典謨雅頌用所長。度越周漢登虞唐。千載之下有素王。平陳鄭毛視荒荒。後生不作諸老亡。文體變化未可量。萬口一律可吃羌。妖狐幻人大陸梁。虎豹却走逢牛羊。上帝惠顧祓不祥。天門夜下龍虎章。前驅吳回後炎皇絳旂丹轂朱冠裳從以甲冑蕆鬼行乘風縱燎無留藏天高地下日月光授公以柄扶病傷士如稻苗待公秧臨流不度公爲航如大醫王治膏肓外證已解中尙強探囊一試黃昏湯一洗十年新學腸老生塞口不敢嘗向來狂殺今尙狂請公別試囊中方

此首中段痛斥新學

九日寄秦觀

疾風回雨水明霞沙步叢祠欲莫鴉九日清樽欺白髮十年爲客負黃花登高懷遠心如在向老逢辰意有加淮海少年天下士可能無地落烏紗

絕句四首錄一首

書當快意讀易盡客有可人期不來世事相違每如此好懷百歲幾回開

謝趙使君送烏薪

欲落未落雪近人將盡不盡冬壓春風枝氷瓦有去鳥遠坊窮巷無來人忽聞叩門

聲遽速。驚雞透籬犬升屋。使君傳教賜薪炭。妓圍那解思寒谷。老身曲直不足云。冷窗凍壁作春溫。定知和氣家家到。不獨先生雪塞門。（一作席作門）

放歌行二首

春風永巷閉娉婷。長使青樓誤得名。不惜捲簾通一顧。怕君着眼未分明。

當年不嫁惜娉婷。抹白施朱作後生。說與旁人須早計。隨宜梳洗莫傾城。

第一首終嫌炫玉。此首爲人說法則可。所謂教人傳脂粉不自著羅衣也。

九日無酒書呈漕使韓伯脩大夫

老大悲傷節物催。酒腸枯涸壯心灰。慙無白水眞人分。難置青州從事來。倦筆懶從都市出。醉眸剛爲麯車回。黃花也似相欺得。坐對空樽不肯開。

贈歐陽叔弼 叔弼名棐六一居士之第三子家于潁州

早知汝穎多能事。晚以詩書託下僚。大府禮容寬懶慢。故家文物尙嫖姚。只將憂患供談笑。敢望功言答聖朝。歲歷四三仍此地。家餘五一見今朝。

末二句學杜而得其皮者。切不可學。

即事

老覺山林可避人。正須麋鹿與同羣。卻嫌鳥語猶多事。強管陰晴報客聞。

絕句

此生精力盡于詩。末歲心存力已疲。不共盧王爭出手。卻思陶謝與同時。

此亦學杜。

答晁以道

轉走東南復帝城。故人相見眼偏明。十年作吏仍餬口。兩地爲鄰闕寄聲。冷眼尚堪看細字。白頭寧復要時名。熟知范叔寒如此。未覺嚴公有故情。

此學杜有得之作。

別黃徐州

姓名曾落薦書中。刻畫無鹽自不工。一日虛聲滿天下。十年從事得途窮。白頭未覺

功名晚青眼常蒙今昔同衰疾又爲今日別數行老淚灑西風

承家從昔如君少得士于今孰我先口擬說詩心已解世間快馬不須鞭

贈寇國寶三首

舟中二首錄一

惡風横江江卷浪黃流湍猛風用壯疾如萬騎千里來氣壓三江五湖上岸上空荒火夜明舟中坐起待殘更少年行路今頭白不盡還家去國情

東山謁外大父墓

土山宛轉屈蒼龍下有盤盤蓋世翁萬木刺天元自直叢篁侵道更須東百年富貴今誰見一代功名託至公少日捫頭期類我暮年垂淚向西風

次韻晁無斁冬夜見寄

寒牕冷夜欲生塵短枕長衾卻自親老子形骸從薄暮先生意氣尚青春覆杯不待回丹頰危坐猶能作直身城郭山林兩無得暮年當復幾霑巾

和范教授同遊桓山

送客尋山已自仙行談坐笑復忘年平郊走馬斜陽裏破屋傳杯積水邊洗壁留名題歲月登高著句記山川風流幕下諸公子縮手吟邊更覺賢

春懷示鄰里

斷牆著雨蝸成字老屋無僧燕作家剩欲出門追語笑卻嫌歸鬢逐塵沙風翻蛛網開三面雷動蜂窠趁兩衙屢失南鄰春事約只今容有未開花

此詩另是一種結構似兩絶句接成一律

和寇十一晚登白門

重門傑觀屹相望表裏山河自一方小市張燈歸意動輕衫當戶晚風長孤臣白首逢新政遊子靑春見故鄉富貴本非吾輩事江湖安得便相忘

謝趙生惠芍藥三絶句錄一

九十風光次第分天憐獨得殿殘春一枝賸欲簪雙髻未有人間第一人

昔有集六宮粉黛萬國衣冠二句詠金輪者可以移贈此詩

和李使君九日登戲馬臺

登高能賦屬吾儕不用傳杯擊鉢催九日風光堪落帽中年懷抱更登臺江山信美因人勝黃菊逢辰滿意開二謝風流今復見千年留句待君來

三四加堪字更字便不陳舊

次韻夏日

江上雙峯一草堂門閑心靜自清涼詩書發冢功名薄麋鹿同羣歲月長句裏江山隨指顧舌端幽渺致張皇莫欺九尺鬚眉白解醉佳人錦瑟旁

寄晁無斁

稍聽春鳥語叮嚀又見宮池出斷冰雪後踏青誰與共花間著語老猶能笑談莫倦尋常聽山院終同一再登今日已知他日恨搶榆況得及飛騰

春興

東風作惡不成寒。野水穿沙自作灘。細草無端留客臥。繁枝有意待人看。

此學杜而却似荆公之學杜者。

后山傳作如妾薄命放歌行等音節多近黃。茲特選其音調高騫近王近蘇者。似爲后山開一生面。實則老杜本有雄俊沈鬱兩種也。

秦觀字少游一字太虛高郵人官至國史院編修

泗州東城晚望

渺渺孤城白水環。舳艫人語夕霏間。林梢一抹青如畫。應是淮流轉處山。

春日五首錄一首

一夕輕雷落萬絲。霽光浮瓦碧參差。有情芍藥含春淚。無力薔薇臥曉枝。

遺山譏有情二語爲女郎詩。詩者勞人思婦公共之言。豈能有雅頌而無國風。絕不許女郎作詩耶。

秋日三首錄一首

月團新碾瀹花甆。飲罷呼兒課楚辭。風定小軒無落葉。青蟲相對吐秋絲。

春日偶題呈錢尙書

三年京國鬢如絲。又見新花發故枝。日典春衣非爲酒。家貧食粥已多時。

再遣朝華

玉人前去却重來。此處分攜更不回。腸斷龜山離別處。夕陽孤塔自崔嵬。

贈女冠暢師

瞳人翦水腰如束。一幅烏紗裹寒玉。超然自有姑射姿。回首粉黛皆塵俗。霧閣雲窗人莫窺。門前車馬任東西。禮罷曉壇春日靜。落紅滿地乳鴉啼。

末韻不著一字。而濃艷獨至。桐江詩話以此道姑爲神仙中人。殆不虛也。

晁冲之字叔用初字用道

留別江子之

盡室飄零去上都。試於溱洧卜幽居。不從刺史求彭澤。敢向君王乞鏡湖。平日甚豪

今潦倒少年最樂晚崎嶇故人鼎貴甘相絕別後君須寄一書

戲留次裒三十三弟頌之

白下春泥尚未乾汴流更待小潺湲不知汝定成行不寒食今無數日間

夜行

老去功名意轉疎獨騎瘦馬取長途孤村到曉猶燈火知有人家夜讀書

晁補之字旡咎濟州巨野人

贈文潛甥楊克一學文與可畫竹求詩

與可畫竹時胸中有成竹經營似春雨滋長地中綠興來雷出土萬籜起崖谷君今似與可神會久已熟吾觀古管葛王霸在心曲遭時見毫髮便可驚世俗文章亦技爾詎可枝葉續穿楊有先中未發猿擁木詞林君張舅此理妙觀燭君從問輪扁何用知聖讀

題廬山

南康南麓江州北。五百僧房綴蜜脾。盡是廬山佳絕處。不知何處合題詩。

遇赦北歸

山猶故險水猶奔。無復前年濺淚痕。自是人心隨境別。櫓聲帆色盡君恩。

貴溪在信州城南其水西流七百里入江

玉山東去不通州。萬壑千巖隘上游。應會逐臣西望意。故教溪水只西流。

晁張得蘇之雋爽。而不得其雄駿。

張耒字文潛號柯山人稱宛丘先生楚州淮陰人第進士歷官至直龍圖閣知潤州

出山

青山如君子。悅我非姿媚。相逢一開顏。便有論交意。今晨決然去。慘若執我袂。謂山無見留。此事寧从置。道邊青髮翁。下有白玉髓。劚之龍蛇窟。自足飽吾世。平生耽幽獨。乃若安朝市。一官等塵垢。安得敗成計。草堂醉老子。虎溪大開士。寄語二主人。爲

留三畝地

夏日三首錄一首

長夏村墟風日淸，簷牙燕雀已生成。蝶衣曬粉花枝午，蛛網添絲屋角晴。落落疏簾邀月影，嘈嘈虛枕納溪聲。久判兩鬢如霜雪，直欲樵漁過此生。

二十三日卽事

已逢嫵媚散花峽，不怕艱危道士磯。啼鳥似逢人勸酒，好山如爲我開眉。風標公子鷺得意，跋扈將軍風歛威。到舍將何作歸遺，江山收得一囊詩。

發安化回望黃州山

流落江湖四見春，天恩復與兩朱輪。幾年魚鳥真相得，從此江山是故人。碧落已瞻新日月，故園好在舊交親。此生可免嘲傖父，莫避北風京洛塵。

赴官壽安泛汴

西來秋興日蕭條，昨夜新霜緝縕袍。開遍菊花殘蘂盡，落餘寒水舊痕高。蕭蕭官樹

皆黃葉處處村旗有濁醪老補一官西入洛幸聞山水頗風騷

自上元後閑作五首錄二首

東風吹雨夜侵堦樓角長煙曉未開何事舊時愁意緒一翻春至一翻來

喧喧野縣自笙歌風捲高雲天似波誰謂樓前明月好月明多處客愁多

懷金陵二首

璧月瓊枝不復論秦淮半已掠荒村青溪天水相澄映便是臨春閣上魂

曾作金陵爛漫遊北歸塵土變衣裘芰荷聲裏孤舟雨卧入江南第一州

句

東風不惜殘桃李吹作春愁處處飛雨後貧無隙地栽桃李日日門前自買花雜詩

文同字與可蜀梓州人登皇祐元年進士知湖州

寄宇文公南自文州曲水令棄官

彭澤長謠便歸去君辭曲水亦其徒一官何藉五斗米二子況皆千里駒懶對俗人

常答颯厭聞時事但盧胡從來綿竹多賢者惟是揚雄失壯夫

北齋雨後

小庭幽圃絕清佳愛此常教放吏衙雨後雙禽來占竹秋深一蝶下尋花喚人掃壁開吳畫留客臨軒試越茶野興漸多公事少宛如當日在山家

占字尋字下得切

此君庵

班班墮籜開新筠粉光璀璨香氛氳我常愛君此默坐勝見無限尋常人

諺所謂巧言不如直道

米芾字元章太原人徙襄陽官至淮陽軍

垂虹亭

斷雲一葉洞庭颿玉破鱸魚霜破柑好作新詩寄桑苧垂虹秋色滿東南

鄒浩字志完晉陵人號道鄉官至直龍圖閣

詠路

赤路如龍蛇不知幾千丈出沒山水間一下復一上伊予獨何爲與之同俯仰

賀鑄字方回衞州人官太平州判

留別田晝

君家陋巷一尺泥吾車有輪馬有蹄犯寒踏雨重相過明日扁舟吾遂西回首邯鄲迹如掃離索十年成潦倒兔葵燕麥春自妍蟬腹龜腹氣方飽雲逵窗窅謝攀躋長鋏與人還故棲異時結駟來南畝耕者老夫鉏者妻

用筆清剛不似塡詞家語

病後登快哉亭

經雨清蟬得意鳴征塵斷處見歸程病來把酒不知厭夢後倚樓無限情鴉帶斜陽投古刹草將野色入荒城故園又負黃華約但覺秋風鬢上生

眼前語說來皆見心思

孔武仲字常父臨江新喻人官至寶文閣待制知洪州

久長驛書事

空堂深深閃燈燭。羣奴鼾眠聲動屋。豆肥草軟馬亦便。嚼美只如蠶上簇。天事由來不可量。初更月出星煌煌。須臾變作霏霏雨。客枕不眠知夜長。

舍轎馬而步

嚴風駕雪霜。吾轎頗溫燠。白日煖郊原。吾馬快馳逐。二者皆得用。翩如兩黃鵠。馬驕倦提策。轎狹厭攣束。何以救斯弊。奔馳有吾足。副之兩革靴。隨以一筇竹。鳧趨上高岡。虎步出平陸。折花得低枝。照影臨深谷。道逢田間叟。時訪以耕牧。北音稍入耳。俚語俄滿腹。行行及前堆。小汗已霢霂。芳草可爲茵。吾眠不須褥。人生忌太佚。終歲居華屋。醉飽耳目昏。軟暖筋骸縮。今吾異于此。千里干微祿。朝隨麏麚騁。夜侶鴻鴈宿。戶樞勞乃久。金礦鍛方熟。聊歌以自娛。不作楊朱哭。

瓜步阻風

詠路

赤路如龍蛇。不知幾千丈。出沒山水間。一下復一上。伊予獨何爲。與之同俯仰。

賀鑄字方回衞州人官太平州判

留別田畫

君家陋巷一尺泥。吾車有輪馬有蹄。犯寒踏雨重相過。明日扁舟吾遂西。回首邯鄲迹如掃。離索十年成潦倒。兔葵燕麥春自妍。蟬腹龜腸氣方飽。雲逵窗窅謝攀躋。長鋏與人還故棲。異時結駟來南畝。耕者老夫鉏者妻。

用筆清剛。不似塡詞家語。

病後登快哉亭

經雨清蟬得意鳴。征塵斷處見歸程。病來把酒不知厭。夢後倚樓無限情。鴉帶斜陽投古刹。草將野色入荒城。故園又負黃華約。但覺秋風鬢上生。

眼前語。說來皆見心思。

孔武仲字常父臨江新喻人官至寶文閣待制知洪州

久長驛書事

空堂深深閃燈燭。羣奴鼾眠聲動屋。豆肥草軟馬亦便。嚼美只如蠶上簇。天事由來不可量。初更月出星煌煌。須臾變作霏霏雨。客枕不眠知夜長。

舍轎馬而步

嚴風駕雪霜。吾轎頗溫燠。白日熌郊原。吾馬快馳逐。二者皆得用。翩如兩黃鵠。馬驕倦提策。轎狹厭攣束。何以救斯弊。奔馳有吾足。副之兩革靴。隨以一筇竹。鳧趨上高岡。虎步出平陸。折花得低枝。照影臨深谷。道逢田間叟。時訪以耕牧。北音稍入耳。俚語俄滿腹。行行及前堆。小汗已霡霂。芳草可爲茵。吾眠不須褥。人生忌太佚。終歲居華屋。醉飽耳目昏。軟暖筋骸縮。今吾異于此。千里干微祿。朝隨鷺鷽騁。夜侶鴻鴈宿。戶樞勞乃久。金礦鍛方熟。聊歌以自娛。不作楊朱哭。

瓜步阻風

昨日焚香謁聖母。青山鞠躬如負弩。但乞天開萬里明。掃去浮雲戢風雨。謂宜言發即響報。豈知神不聽我語。門前白浪如銀山。江上狂風如怒虎。船癡觸硬不能拔。未免悽遲傍洲渚。輕盈但愛白鷗飛。顛頓可憐芳草舞。三江五湖歷已盡。勢合平夷反齟齬。上水歌呼下水愁。北船縈絆南船去。寄言南船莫雄豪。萬事低昂如桔槔。我當賣劍買牲牢。再掃靈宇陳肩尻。黃金壺樽沃香醪。神喜借以南風高。揚帆拍手笑爾曹。不知流落何江皋。荒洲寂寥聽怒號。

第二句甚趣。可與宛陵兩已句並稱。

孔平仲字毅父。武仲弟。官至提舉永興路刑獄

代小子廣孫寄翁翁

爹爹來密州。再歲得兩子。牙兒秀且厚。鄭鄭已生齒。翁翁尚未見。既見想歡喜。廣孫讀書多。寫字輒兩紙。三三足精神。大安能步履。翁翁雖舊識。伎倆非昔比。何時得團聚。盡使羅拜跪。婆婆到輦下。翁翁在省裏。大婆八十五。寢膳近何似。爹爹與孃孃。無

日不思爾每到時節佳或對飲食美一一俱上心歸期當屈指昨日又開爐連天北風起飲闌却蕭條舉目數千里

學盧仝體而去其鈎棘字句

西軒

新作朱門向水開雖臨行路少塵埃久藏勝境因人發盡放青山入坐來樹影轉簷碁未散荷香飄枕夢初回晚年事事皆踈懶賴得閒官養不才

和經父寄張績

解縱梟鴟啄鳳皇天心似此亦難詳但知斬馬憑孤劍豈爲推車避太行得者折腰猶下列失之垂翅合南翔不如長揖塵埃去同老逍遙物外鄉

五六好

登賀園高亭

東武名園數賀家更於高處望春華深紅淺白知多少直到南山盡是花

使人神往。

晝眠呈夢錫

百忙之際一閒身。更有高眠可詫君。春入四支濃似酒。風吹孤夢亂如雲。諸生弦誦何妨靜。滿席圖書不廢勤。向晚欠伸徐出戶。落花簾外自紛紛。

集于昌齡之舍

一醉昏昏萬不知。黃昏促席夜深歸。明朝唯見家人說。昨夜歸時雪滿衣。

李覯字泰伯南城人嘉祐中爲太學說書

靈源洞

纔出塵來尙未知。漸攀藤竹漸臨危。伏流似是龍藏處。古樹應無春到時。誰把石匡齊劃削。直教雲氣當簾帷。良工畫得猶宜祕。莫與凡夫肉眼窺。

韓駒字子蒼蜀仙井監人嘗在許下從蘇轍學稱其詩似儲光羲遷中書舍人兼修國史權直學士院

贈趙伯魚

昔君叩門如啄木深衣青純帽方屋謂是諸生延入門坐定徐言出公族爾曹氣味那有此要是胸中期不俗荆州早識高與黃誦二子句聲琅琅後生好學果可畏僕常倦談殊未詳學詩當如初學禪未悟且徧參諸方一朝悟罷正法眼信手拈出皆成章

題湖南清絕圖

故人來從天柱峰手提石廩與祝融兩山坡陁幾百里安得置之行李中下有瀟湘水清瀉平沙側岸搖丹楓魚舟已入浦溆宿客帆日暮猶爭風我方騎馬大梁下怪此物象不與常時同故人謂我乃絹素粉精墨妙煩良工都將湖南萬古愁與我頃刻開心胸詩成畫往默惆悵老眼復厭京塵紅

上秦州使君陳瑩中

當年賢路雜薰蕕歎息諸公善自謀今日在前皆鼎鑊後來知我獨春秋海邊已擊

師、襄、磬。湖、上、新、逢、范、蠡、舟。惟有書生更無事。不妨挾册便西游。

登赤壁磯

緩尋翠竹白沙游。更挽藤梢上上頭。豈、有、危、巢、與、棲、鶻。亦、爲、陳、迹、但、飛、鷗。經營二頃將歸老。眷戀羣山爲少留。百日使君何足道。空餘詩句在江樓。

徐積字仲車楚州山陽人少孤從安定學除楚州教授改防禦推官謚節孝處士

仲車有大河上天章公顧子敦五古一首長數千字宂長不錄

贈黃魯直

不見故人彌有情。一見故人心眼明。忘、却、問、君、船、住、處。夜、來、清、夢、繞、西、城。

哭張六并序

張六子莊死矣十一月十三日夜四更時積用素服望其所居哭之哭且爲詩明旦涕泣以書使孤甥老老致於柩前嗚呼哀哉

欲視目已瞑。欲語口已噤。欲動肉已寒。欲書手已硬。惟、有、心、上、熱。惟、存、心、中、悲。此、熱、

須臾間此悲無休時所悲孤兒寒所悲孤兒飢苦苦復苦苦此悲遂入土

宋詩精華錄卷第三

石遺老人評點

陳與義字去非號簡齋汝州葉縣人登上舍甲科嘗賦墨梅受知徽宗遂登册府

和張矩臣水墨梅五絶 錄四

巧畫無鹽醜不除此花風韻更清姝從教變白能爲黑桃李依然是僕奴

粲粲江南萬玉妃別來幾度見春歸相逢京洛渾依舊唯恨緇塵染素衣

含章簷下春風面造化功成秋兎毫意足不求顔色似前身相馬九方皋

自讀西湖處士詩年年臨水看幽姿晴窗畫出横斜影絶勝前村夜雪時

末二首有神無迹

寄若拙弟兼呈二十家叔

退之送窮窮不去樂天待富富不來政須青山映黑髮顧著皂蓋爭黃埃何如父子共一壑龐家活計良不惡阿奴況自不碌碌白鷗之盟可同諾三間瓦屋亦易求著

子東頭我西頭中間共作老萊戲世上樂復有此不問夢膏肓應已瘳歸來歸來無久留竹林步兵非俗流爲道此意思同遊

次韻樂文卿北園

故園歸計墮虛空啼鳥驚心處處同四壁一身長客夢百憂雙鬢更春風梅花不是人間白日色爭如酒面紅且復高吟置餘事此生能費幾詩筒

五六濡染大筆百讀不厭

春日二首

朝來庭樹有鳴禽紅綠扶春上遠林忽有好詩生眼底安排句法已難尋

已開誠齋先路

憶看梅雪縞中庭轉眼桃梢無數靑萬事一身雙鬢髮竹牀欹臥數窗櫺

夏日集葆眞池上以綠陰生晝靜賦詩得靜字

清池不受暑幽討起予病長安車轍邊有此荷萬柄是身唯可懶共寄無盡興魚遊

水底涼鳥語林間靜談餘日亭午樹影一時正清風不負客意重百金贈聊將兩髩蓬起照千丈鏡微波喜搖人小立待其定梁王今何許柳色幾衰盛人生行樂耳詩律已其賸邂逅一尊酒他年五君詠重期踏月來夜半嘯煙艇

宋人罕學韋柳者有之以簡齋爲最樊榭五古專祈嚮此種

試院書懷

細讀平安字愁邊失歲華疎疎一簾雨淡淡滿枝花投老詩成癖經春夢到家茫然十年事倚杖數栖鴉

樊榭五律最高者亦學此種

清明

雨晴閒步澗邊沙行入荒林聞亂鴉寒食清明驚客意暖風遲日醉梨花書生投老王官谷壯士偷生漂母家不用鞦韆與蹴踘只將詩句答年華

再登岳陽樓感賦詩

岳陽壯觀天下傳樓陰背日堤綿綿草木相連南服內江湖異態闌干前乾坤萬事集雙鬢臣子一謫今五年欲題文字弔古昔風壯浪湧心茫然

江水濁黃湖水清碧第四句七字寫盡五六學杜而得其骨者

春寒

二月巴陵日日風春寒未了怯園公海棠不惜臙脂色獨立濛濛細雨中

尋詩兩絕句

楚酒困人三日醉園花經雨百般紅無人畫出陳居士亭角尋詩滿袖風

愛把山瓢莫笑儂愁時引睡有奇功醒來推戶尋詩去喬木崢嶸明月中

除夜次大光韻大光是夕婚

一杯節酒莫留殘坐看新年上鬢端只恐梅花明日老夜缾相對不知寒

除夜不寐飲酒一盃明日示大光

萬里鄉山路不通年年佳節百憂中催成客睡須春酒老卻梅花是曉風

將至杉木鋪望野人居

春風漠漠野人居若使能詩我不如數株蒼檜遮官道一樹桃花映草廬

謝主人

春禽勸我歸主人留我住一笑謝主人我自無歸處擬借溪邊三畝春結茅依樹不依鄰伐薪正可煩名士分米何須待故人

觀雨

山客龍鍾不解耕開軒危坐看陰晴前江後嶺通雲氣萬壑千林送雨聲海壓竹枝低復舉風吹山角晦還明不嫌屋漏無乾處正要羣龍洗甲兵

與石湖龍津橋作貌異心同

懷天經智老因訪

今年二月凍初融睡起苕溪綠向東客子光陰詩卷裏杏花消息雨聲中西菴禪伯還多病北柵儒先只固窮忽憶輕舟尋二子綸巾鶴氅試春風

覘放翁之杏花。氣韻偶平遠矣。

曾幾字吉甫。贛縣人。徙河南。居茶山寺。自號茶山。官至祕書少監。權禮部侍郎。諡文清。詩人玉屑云。唐人詩喜以兩句道一事。茶山詩中多用此體。如又從江北路。重到竹西亭。若無三日雨。那復一年秋。似知重九日。故放兩三花。次第繙經集。教兒理在亡。又得新詩句。如聞謦欬音。如何萬家縣。不見一枝梅。此格亦甚省力也。又云陸放翁詩本于茶山。故趙仲白題曾文清公詩集云。清于月出初三夜。澹似湯烹第一泉。咄咄逼人門弟子。劍南已見一燈傳。謂放翁也。

三衢道中

梅子黃時日日晴。小溪泛盡卻山行。綠陰不減來時路。添得黃鸝四五聲。

題訪戴圖

小艇相從本不期。剡中雪月並明時。不因興盡回船去。那得山陰一段奇。

晉人行徑。寧矯情翻案。決不肯人云亦云。

茶山

似病元非病。求閑方得閑。殘僧六七輩。敗屋兩三間。野外無供給。城中斷往還。同行木上座。相與住茶山。

壬戌歲除作明朝六十歲矣

禪榻蕭然丈室空。薰銷火冷閉門中。光陰大似燭見跋。問學秖如船逆風。一歲臨分驚老大。五更相守笑兒童。休言四十明朝過。看取霜髯六十翁。

第三句妙喻。第七句不可解。

發宜興

老境垂垂六十年。又將家上鐵頭船。客留陽羨秖三月。歸去玉溪無一錢。觀水觀山都廢食。聽風聽雨不妨眠。從今布韈青鞵夢。不到張公卽善權。

茶山詩長處。有手揮目送之樂。如此詩第三聯是也。

樓鑰字大防自號攻媿主人鄞縣人官至資政殿大學士謚宣獻

題孟東野聽琴圖因次其韻

誰歟住前溪夜深□琴鳴天高豪氣肅月斜映疎星橡林助蕭瑟泉聲激琮琤彈者人定住能使東野聽東帶不立朝遙夜甘空庭龍眠發妙思神交窮杳冥不見彈琴人畫出琴外聲郊寒凜如對作詩太瘦生恨不從之游撫卷空含情

全從東野落想是謂語無泛設

求仲抑招遊山歸途遇雨

竹輿遶湖濱宿露尚厭浥徑到玉岑下坐久客始集起穿靈石山萬松介而立梅天氣清潤空翠行可挹古藤幾百年枝蔓兩山及見說暮春時花紫紅熠熠直疑老潛虬初起夜來蟄俯玩歲寒泉齒冷不敢吸相將上龍泓塵鞅謝覊馽洞有靈獸居臨深心岌岌魚遊明鏡中巨浪無三級寒苔載水去萬頃潤原隰濛濛山雨來歸僕鳥飛急野興殊未已日昃不暇給銜泥上湖船雨陣遽奔襲飄風將急點回旋驚四入中流蓋蕩兀短篷不當笠停篙亦久之怒勢不少戢我徒方嘯歌弗爲改豪習但恥

餅罍罄。莫問衣裳濕。

押及韻如拋磚落地。從左氏傳師何及句來。

石門洞

扁舟百里連城回。青山中斷立兩崖。淸都虎豹隱不見。但見閶闔排雲開。峯回失喜大飛瀑。聲震萬壑驚春雷。掀髯目及九霄外。玉虹千丈飛空來。一冬青女斬天雪。不知聚此山之隈。傳聞神龍臥其上。寶藏擊碎眞瓊瑰。胷中先自無塵埃。到此更覺心崔嵬。天風爲我噀空翠。春水瀉入驪人懷。謫仙曾來寫勝句。劉郎又爲開天台。我慚筆無挽牛力。醉墨滿壁誰爲裁。或言龍湫更奇絕。佳山高處深雲埋。我方擔笻往尋訪。未知比此何如哉。

大龍湫

北上太行東禹穴。鴈蕩山中最奇絕。龍湫一派天下無。萬衆贊揚同一舌。行行路入兩山間。踏碎苔痕地將折。山窮路斷脚力盡。始見銀河落雙闕。矩羅宴坐看不厭。騷人弄詞困搜抉謝公千載有遺恨李杜復生吟不徹我游石門稱勝地未信此湫眞卓越一來氣象大不侔石屏倚天驚鬼設飛泉直自天際來來處益高聲益烈漢地倒瀉三峽流到此誰能定優劣雁山佳趣須要領一日盡游神惡褻驪龍高臥喚不應自愧筆端無電掣輪困瀟索湍不怒非霧非煙亦非雪我聞凍雨初霽時噴擊生風散空闊更期雨後再來看淨洗一生煩惱熱

以上二詩有健句但尙覺辭費

句

幾日惜春留不住小鬢爲我拾楊花

岳飛字鵬舉相州湯陰人官至少保河南北諸路招討使追封鄂王謚武穆改謚忠武

池州翠微亭

經年塵土滿征衣特特尋芳上翠微好水好山看不足馬蹄催趁月明歸

謝邁字幼槃自號竹友臨川人與兄逸並以詩文稱號二謝

夏日遊南湖

麴塵帬與草爭綠象鼻筩勝瓊作杯可惜小舟橫兩槳無人催送莫愁來

李唐字希古河陽三城人徽宗朝補入畫院建炎間授畫院待詔

題畫

雲裏煙村雨裏灘看之容易作之難早知不入時人眼多買燕脂畫牡丹

劉一止字行簡歸安人紹興中官至敷文閣直學士嘗以曉行詩著名世號劉曉行

小齋卽事二首 錄一

憐琴爲絃直愛棊因局方未用較失得那能記宮商我老世愈疎一拙萬事妨雖此二物隨不係有興亡

拱州道中

柳條明媚欲變色便想春思浩無涯行人手挽不忍斷云此生意方萌芽

視伊川之面斥哲宗頗相逕庭

冥冥寒食雨

冥冥寒食雨客意向誰親泉亂如爭壑花寒欲傍人生涯長刺促老氣尚輪囷不負年年債淸詩斷送春

葛立方字常之江陰人登紹興戊午進士官至吏部侍郎著有韻語陽秋

避地傷春

一年春事又闌珊可惜芳菲愁裏看愼勿掃花供餵馬惱人秀色自堪餐

王琮字宗玉錢唐人官至直龍圖閣紹興間避地居括蒼

題多景樓

秋滿闌干晚共凴殘煙衰草最關情西風吹起江心浪猶作當時擊楫聲

王銍字性之汝陰人薦視秩史官以忤秦檜遭擯著有默記國老談苑侍兒小名

錄、

春近

山雪銀屏曉。溪梅玉鏡春。東風。露。消。息。萬物。有。精。神。索莫貧遊世。龍鍾老迫身。欲浮滄海去。風浪闊無津。

語有精神。

郭祥正字功父當塗人熙寧中以殿中丞致仕梅聖俞見其詩以爲李白後身有青山集

案功父氣味才力。時近太白。視前淸仲則船山。似乎過之。

春日獨酌

桃、花、不、解、飲。向、我、如、情、親。迎、風、更、低、昂。狂殺對酒人。桃、無、十、日、花。人、無、百、歲、身。竟、須、醒、復、醉。不、負、花、上、春。

江草綠未齊。林、花、飛、已、亂。霽景殊可樂。陰雲幸飄散。且置百斛酒。醉、倒、落、花、畔。

懷友

晚坐庭樹下。涼颸經我懷。亦有尊中物。佳人殊未來。佳人隔重城。誰復爲之儕。瞻雲雲行天。步月月滿階。想聞誦聲作。奔騰瀉江淮。

徐州黃樓歌寄蘇子瞻

君不見彭門之黃樓。樓角突兀淩山邱。雲生露暗失柱礎。日升月落當簾鉤。黃河西來駭奔流。頃刻十丈平城頭。渾濤舂撞怒鯨躍。危堞僅若杯盂浮。斯民囂囂坐恐化魚鼈。刺史當分天子憂。植材築土夜運晝。神物借力非人謀。河還故道萬家喜。匪公何以全吾州。公來相基疊巨石。屋成因以黃名樓。黃樓不獨排河流。壯觀彈壓東諸侯。重檐斜飛掣驚電。密瓦瑩淨蟠蒼虬。乘閒往往宴賓客。酒酣詩興橫霜秋。沈思漢唐視陳迹。逆節怙險終何求。誰令頸血濺砧斧。千載付與山河愁。聖祖神宗仗仁義。中原一洗兵甲休。朝廷尊崇郡縣肅。彭門子弟長歡遊。長歡遊。隨五馬。但看紅袖舞華筵。不願黃河到樓下。

僕韻能見其大。

句

四時之景皆可觀。六月來遊膚髮寒。有時下瞰北山雨。只道林林銀竹竿。　彼蒼罪斯民殺戮不以杖。川漲

饒節字德操撫州人爲曾布客與不合去而爲僧自號倚松老人

案詩多禪語非淺嘗者比然茲所不錄。

偶成

松下柴門閉綠苔。只有蝴蝶雙飛來。密蜂兩股大如繭。應是前山花已開。

眠石

靜中與世不相關。草木無情亦自閑。挽石枕頭眠落葉。更無魂夢到人間。

晚起

月落庵前夢未回。松間無限鳥聲催。莫言春色無人賞。野菜花開蝶也來。

句

已見畢星朝北極似聞驍騎卷西涼

孫覿字仲益嘗提舉鴻慶宮故自號鴻慶居士

焦山吸江亭

昔年攜客寄僧龕敗屋疎籬一草庵白首重來看修竹連山樓觀亦眈眈

覿五歲爲東坡所器而遽見焦山改觀如此

句

句好無强對神超有獨遨

王庭珪字民瞻廬陵人官終國子監主簿

送胡邦衡之新州貶所

囊封初上九重關是日清都虎豹閑百辟動容觀奏牘幾人回首愧朝班名高北斗星辰上身墮南州瘴海間不待他年公議出漢廷行召賈生還

張綱字彥正丹陽人官至資政殿學士乾道二年卒

次韻李道士觀南山三首 錄一

山似圍屏六曲開小谿如帶傍山來結廬谿北對山住俗駕何妨且勒回

江端友字子我陳留人官至太常少卿

韓碑

淮西功業冠吾唐吏部文章日月光千載斷碑人膾炙不知世有段文昌

寇國寶字荊山徐州人紹聖中吳縣主簿

題閶門外小寺壁

黃葉西陂水漫流籧篨風急滯扁舟夕陽暝色來千里人語雞聲共一丘

國寶爲后山入室弟子讀此殆無愧色

石悆字敏若蕪湖人宣和間官教授

絕句

來時萬縷弄輕黃去日飛毬滿路旁我比楊花更飄蕩楊花只是一春忙

呂希哲字原明公著子徽宗朝知曹州

絕句

老讀文書興易闌須知養病不如閒竹床瓦枕虛堂上臥看江南雨後山

葉適字正則溫州永嘉人淳熙五年進士爲節度判官以薦召爲博士兼實錄檢討官以寶文閣學士卒

余泛舟不能具舫創爲隆篷加牖戶焉

雖然一檠匆匆去也要身寬對好山新扚篷窗高似屋諸峯獻狀在中間

王炎字晦叔新安婺源人登乾道進士出守湖州

雙溪種花

雙溪漸有雜花開每日扶笻到一回勝似名園空鎖閉主人至老不歸來

蒼頭爲我劚西山扶病移花强自寬縱不爲花長作主何妨留與後人看

唐庚字子西，眉州丹稜人，官承議郎提舉。

張求

張求一老兵，著帽如破斗。賣卜益昌市，性命寄杯酒。騎馬好事人，金錢投甕牖。一語不假借，意自有臧否。雞肋乃安拳，未省怕嗔毆。坐此益寒酸，餓理將入口。未死且强項，那暇顧炙手。士節久凋喪，舐痔甜不嘔。求豈知道者，議論無所苟。吾寧從之遊，聊以激衰朽。

工於造句。

白鷺

說與門前白鷺羣，也知從此斷知聞。諸君有意除鉤黨，甲乙推求恐到君。

末句可入世說新語。

醉眠

山靜似太古，日長如小年。餘花猶可醉，好鳥不妨眠。世味門常掩，時光簟已便。夢中頻得句。拈筆又忘筌。

劉子翬字彥沖以父韐任授承務郎辟幕屬歸隱屏山學者稱屏山先生

劉兼道獵

劉侯好獵親馳逐。指呼雙犬如奴僕。朝衝唐石亂雲來。暮聽潭溪流水宿。何如著鞭走大梁。我亦與子同翱翔。今年獵叛醢彭越。明年獵胡羓德光。

末二語奇橫。

范成大字致能吳郡人紹興擢進士第官至參知政事宋代中朝大官工詩者。

晚潮

東風吹雨晚潮生。疊鼓催船鏡裏行。底事今年春漲小。去年曾與畫橋平。

與正夫朋元遊陳侍御園

沙際春風轉物華。意行聊復到君家。年年我是重來客。處處梅皆舊識花。官減不妨詩事業。地寒猶辦醉生涯。城中馬上那知此。塵滿長裾席帽斜。

龍津橋

燕石扶欄玉雪堆柳塘南北抱城迴西山剩放龍津水留待官軍飲馬來

畫工季友直爲余作冰天桂海二圖冰天畫使北渡黃河時桂海畫佛子遊巖道中也戲題

許國無功浪着鞭天教飽識漢山川酒邊蠻舞花低帽夢裏胡笳雪沒鞲收拾桑榆身老矣追隨萍梗意茫然明朝重上歸田奏更放岷山萬里船

乙未元日用前韻書懷今年五十矣

浮生四十九俱非樓上行藏與願違縱有百年今過半別無三策但當歸定中久已安心竟飽外何須食肉飛若使一丘幷一壑還鄉曲調盡依稀

判命坡

鑽天嶺上已飛魂判命坡前更駭聞側足二分垂壞磴舉頭一握到孤雲微生敢列千金子後禍猶幾萬石君早晚北窗尋噩夢故應含笑老榆枌

三四對仗工力悉敵。

望鄉臺

千山已盡一峯孤。立馬行人莫疾驅。從此蜀川平似掌。更無高處望東吳。

鄂州南樓

誰將玉笛弄中秋。黃鶴飛來識舊遊。漢樹有情橫北渚。蜀江無語抱南樓。燭天燈火三更市。搖月旌旗萬里舟。卻笑鱸江垂釣手。武昌魚好便淹留。

春晚

荒園蕭瑟懶追隨。舞燕啼鶯各自私。窗下日長多得睡。樽前花老不供詩。吾衰久矣雙蓬鬢。歸去來兮一釣絲。想見籬東春漲動。小舟無伴柳絲垂。

四時田園雜興六十首 錄二首

社下燒錢鼓似雷。日斜扶得醉翁回。青枝滿地花狼藉。知是兒孫鬬草來。

騎吹東西里巷喧。行春車馬鬧如煙。繫牛莫礙門前路。移繫門西碌碡邊。

此首置之誠齋集中。無能辨者。

夏日田園雜興十二絕 錄一絕

晝出耘田夜績麻。村莊兒女各當家。小童未解供耕織。也傍桑陰學種瓜。

朱熹字元晦一字仲晦徽州婺源人官至煥章閣待制

觀書有感二首

半畝方塘一鑑開。天光雲影共徘徊。問渠那得清如許。爲有源頭活水來。

昨夜江邊春水生。蒙衝巨艦一毛輕。向來枉費推移力。此日中流自在行。

鵝湖寺和陸子壽

德義風流夙所欽。別離三載更關心。偶扶藜杖出寒谷。又枉籃輿度遠岑。舊學商量加邃密。新知培養轉深沉。卻愁說到無言處。不信人間有古今。

崇壽客舍夜聞子規得三絕句寫呈平父兄煩爲轉寄彥集兄及兩縣間諸親友

空山初夜子規鳴靜對琴書百慮清喚得形神兩超越不知底是斷腸聲
空山中夜子規啼病怯餘寒覓故衣不爲明時堪眷戀久知歧路不如歸
空山後夜子規號斗轉星移月尙高夢裏不知歸未得已驅黃犢度寒臯

淳熙甲辰仲春精舍閒居戲作武夷櫂歌十首呈諸同遊相與一笑

武夷山上有仙靈山下寒流曲曲清欲識箇中奇絕處櫂歌閒聽兩三聲
一曲溪邊上釣船幔亭峯影蘸晴川虹橋一斷無消息萬壑千巖鎖翠煙
二曲亭亭玉女峯插花臨水爲誰容道人不復荒臺夢興入前山翠幾重
四曲東西兩石巖巖花垂露碧𣰽毿金雞叫罷無人見月滿空山水滿潭
九曲將窮眼豁然桑麻雨露見平川漁郎更覓桃源路除是人間別有天

晦翁登山臨水處處有詩蓋道學中之最活潑者然詩語終平平無奇不如選其寓物說理而不腐之作

周必大字子充一字洪道廬陵人官至參知政事樞密使封益國公

行舟憶永和兄弟

一挂吴帆不計程。幾回繫纜幾回行。天寒有日雲猶凍。江闊無風浪自生。數點家山常在眼。一聲寒雁正關情。長年忽得南來鯉。恐有音書作急烹。

己丑二月七日雨中讀漢元帝紀效樂天體

昭君顏如花。萬里度雞漉。古今罪畫手。妍醜亂羣目。誰知漢天子。袪服自列屋。有如公主親。尚許穹廬辱。況乃嬪嬙微。未得當獯鬻。奈何弄文士。太息爭度曲。生傳琵琶聲。死對青塚哭。向令老後宮。安得載簡牘。一時抱微恨。千古留賸馥。因嗟當時事。賢佞手反覆。守道蕭傅死。效忠京房戮。史臣一張紙。此外誰復錄。有琴何人操。有塚何人宿。重色不重德。聊以砭世俗。

入直召對選德殿賜茶而退

綠槐夾道集昏鴉。勅賜傳宣坐賜茶。歸到玉堂清不寐。月鈎初上紫薇花。

此可與李衛公月中清露點朝衣一首同推清絕。

過鄖子湖

萬頃湖光似鏡平。蜿蜒得得導舟行。從來仕路風波惡。卻是江神不世情。

臘旦大雪運使何同叔送羊羔酒拙詩爲謝

未雪冰廚已擊鮮。雪中從事到君前。淺斟未辦銷金帳。快瀉聊憑藥玉船。醉夢免教園踏菜。富兒休詫饌羅氈。爛頭自合侯關內。何必移封向酒泉。

益公詩喜次韻喜用典蓋達官之好吟詠者。

尤袤字延之。無錫人。官至禮部尚書。方萬里云。宋中興來言詩必曰尤楊范陸。誠齋時出奇峭。放翁善爲悲壯。公與石湖冠冕佩玉。度騷婉雅。

送吳待制守襄陽 待制名環吳琚之弟高宗吳后之姪

方持紫橐侍西清。忽領雄藩向外行。誰謂風流貴公子。甘爲辛苦一書生。詞源筆下三千牘。武庫胸中十萬兵。從此君王寬北顧。山南東道得長城。

酬應之作。然三四下語有分寸。

題米元暉瀟湘圖

萬里江天杳靄，一村烟樹微茫。只欠孤篷聽雨，恍如身在瀟湘。
淡淡曉山横霧，茫茫遠水平沙。安得綠蓑青笠，往來泛宅浮家。

蕭德藻字東夫，閩清人，嘗爲烏程令，自號千巖老人。楊誠齋序云：詩人若范致能之清新，尤梁溪之平淡，陸放翁之敷腴，蕭千巖之工致，皆余所畏也。

古梅二首

湘妃危立凍蛟脊，海月冷挂珊瑚枝。醜怪驚人能嫵媚，斷魂只有曉寒知。

梅花詩之工，至此可歎觀止，非和靖所想得到矣。

百千年蘚著枯樹，三兩點春供老枝。絕壁笛聲那得到，只愁斜日凍蜂知。

首二句，可作前一首注解。

次韻傅惟肖

竹根蟋蟀太多事，喚得秋來籬落間。又過暑天如許久，未償詩債若爲顏。肝腸與世

苦相反巖壑嗔人不早還八月放船飛樣去蘆花叢外數青山

字字鍛鍊。

登岳陽樓

不作蒼茫去眞成浪蕩遊三年夜郎客一柁洞庭秋得句鷺飛處看山天盡頭猶嫌未奇絕更上岳陽樓。

作者手筆直兼長吉東野閬仙而有之盧仝長短句不足況宜誠齋之一見推許也。

句

乾坤生長我貧病怨尤誰　秋浩蕩中遙指點一螺許是定王城　稚子推窗窺過雁數峯乘隙入西窗　秋陽直爲田家計饒得漁村一抹紅

陳傅良字君舉居溫州瑞安縣寧宗初除中書與朱子同朝疏留朱子爲韓侂冑所忌詆學術不正遂罷去杜門居一室曰止齋嘉泰二年復提舉江州起知泉

州力辭授寶謨閣待制

止齋曲廊初成

但酒勝如水但花勝如草。小廊曲通幽。竹椽亦良好。止齋十數間。足以便衰老。簷低遠風露。地窄易汎埽。淺溪浮薄觴。短屏糊舊藁。著書僅玄易。過客多韋縞。於中榜退思。誰其諒深抱。吾思亦已晚。吾退盍更早。懷哉彭澤令。仰止商山皓。維淵有潛龍。維岳有藏寶。煌煌暮春堂。三字落穹昊。昭回際南極。鎮撫及東島。胡然迺在斯。夙夜懼不保。鬼神無世情。呵護必有道。

用前韻招蕃叟弟

細看物理愁如海。遙想朋從眼欲花。逆水魚兒銜斷岸。貪泥燕子墮危沙。百年喬木參天上。一昔平蕪着處佳。行樂不妨隨邂逅。我無官守似蚳蛙。

落花風雨奈愁何。愁亦不應緣落花。尚可流觴追曲水。底須占鵩似長沙。孟夏事無人晤語鳥烏樂。爲我食貧蔞筍佳。休説關河無限恨。腹非空怒道旁蛙。

寄陳同甫

古來材大難爲用納納乾坤着幾人但把雞豚燕同社莫將鵝鴨惱比隣世非文字將安托身與兒孫竟孰親一語解紛吾豈敢祇應行道亦酸辛

經過憂患乃有此忠告

送盧郎中國華赴閩憲

相望千里馬牛風聯事湖湘各已翁造次便呼兒女見綢繆略與弟兄同百年又是梅花發萬事何如荔子紅欲附使軺嗟不及卻憐身在俊躔中

楊萬里字廷秀吉州吉水人中紹興進士官江東轉運總領淮西江東

題湘中館二首 錄一首

江欲浮秋去山能渡水來嫗隅蠻語雜欸乃楚聲哀寒早當緣閏詩成未費才愁邊正無奈歡伯一相開

惟其有才自不覺費

癸未上元後永州夜飲趙敦禮竹亭聞蛙醉吟

茆亭夜集俯萬竹。初月未光讓高燭。主人酒令來無窮。恍然墮我醉鄉中。草間蛙聲忽三兩。似笑吾人慳酒量。只作蛙聽故自佳。何須更作鼓吹想。倘憶同登萬石亭。倚欄垂手望寒青。只今眞到寒青裏。吾人不飲竹不喜。

過百家渡四絕句 錄一首

園花落盡路花開。白白紅紅各自媒。莫問早行奇絕處。四方八面野香來。

和仲良春晚卽事

欲與東風說。休吹墮絮飛。吾行正無定。魂夢豈忘歸。花暖能醺眼。山濃欲染衣。只嫌春已老。此景也應稀。

語未了便轉誠齋祕訣。

貧難聘歡伯。病敢跨連錢。夢豈花邊到。春俄雨裏遷。一犂關五秉。百箔候三眠。只有書生拙。窮年墾紙田。

笋改齋前路蔬眠雨後畦晴江明處動遠樹看來齊我語眞彫朽君詩妙斲泥殷勤報春去恰恰一鶯啼

三月三日雨作遣悶絶句 錄一首

村落尋花捋地無有花亦自只愁予不如臥聽春山雨一陣繁聲一陣疎

賀澹菴先生胡侍郎新居落成二首 錄一首

淸廟欹斜一笑扶歸來四壁亦元無可憐拙計輸餘子住破僧房始結廬三徑非遙人自遠萬間不惡我何須冥搜善頌終難好賀廈眞成燕不如

都下無憂館小樓春盡旅懷二首

病眼逢書不敢開春泥謝客亦無來更無短計消長日且遶欄干一百回

次句亦語未了便轉

不關老去願春遲只恨春歸我未歸最是楊花欺客子向人一一作西飛

首二語亦未了便轉者

彥通叔祖約游雲水寺二首 錄一首

竹深草長綠冥冥有路如無又斷行風亦恐吾愁路遠殷勤隔雨送鐘聲

山行眞有此情

閒居初夏午睡起二絕句 錄一首

梅子留酸軟齒牙芭蕉分綠與窗紗日長睡起無情思閒看兒童捉柳花

次日醉歸

日晚頗欲歸主人苦見留我非不能飲老病怯觥籌人意不可違欲去且復休我醉彼自止醉亦何足愁歸路意昏昏落日在嶺陬竹裏有人家欲憩聊一投有叟喜我至呼我爲君侯告以我非是俛笑仍掉頭機心久已盡猶有不下鷗田父亦外我我老誰與遊

此田父不如泥飲少陵之田父之時髦

送周仲覺訪來又別

酒邊詩裏久塵埃。見子令人病眼開。無夕不談談不睡。看薪成火火成灰。小留差勝匆匆別。欲去何如莫莫來。渠故功名我巖壑。老身誰子共歸哉。

夏夜追涼

夜熱依然午熱同。開門小立月明中。竹深樹密蟲鳴處。時有微涼不是風。

若將末三字掩了。必猜是說甚麽風矣。豈知其不是哉。

有歎

老來無面見毛錐。猶把閒愁付小詩。君道愁多頭易白。鷺鷥從小鬢成絲。

聽雨

歸舟昔歲宿嚴陵。雨打疏篷聽到明。昨夜茅簷疏雨作。夢中喚作打篷聲。

丁酉四月一日之官毘陵舟行阻風宿椆陂江口

蟲聲兩岸不堪聞。把燭銷愁且一尊。誰宿此船愁似我。船篷猶帶燭烟痕。

水宿情況。今人不復知矣。

余昔歲歸舟經此水涸舟膠旅情甚惡

歸舟曾被此灘留說著招賢夢亦愁五月雪飛人不信一來灘下看濤頭

新柳

柳條百尺拂銀塘且莫深青只淺黃未必柳條能蘸水水中柳影引他長

用心而不喫力

寒食雨作

雙燕銜簾報禁烟喚驚晝夢聳詩肩晚寒政與花爲地曉雨能令水作天桃李海棠聊病眼清明寒食又今年老來不辦琱新句報答風光且一篇

三四天地作對工而自然

池亭

小沼纔堦下孤亭恰水邊揩磨一玉鏡上下兩青天可惜無多水難堪著釣船今年非不暑每到每醒然

三四巧而便。

春草

天欲遊人不踏塵。一年一換翠茸茵。東風猶自嫌蕭索。更遣飛花繡好春。

年年春色屬垂楊。金撚千絲翠萬行。今歲草芽先得計。攙他濃翠奪他黃。

竹陰小憩

不但先生倦不蘇。僕夫也自要人扶。青松數了還重數。只是從前八九株。

五更過無錫縣寄懷范參政尤侍郎

蘇州欲見石湖老。到得蘇州發更早。錫山欲見尤梁溪。過卻錫山元不知。起來靈巖在何許。回首惠山亦何處。人生萬事不可期。怏然卻向常州去。

晚風

晚日暄溫稍霽威。晚風豪橫大相欺。做寒做冷何須怒。明早一霜誰不知。

作白話詩當學誠齋。看其種種不直致法子。

晚風不許鑑淸漪卻許重簾到地垂平野無山遮落日西窗紅到月來時

初入淮河四絕句

船離洪澤岸頭沙人到淮河意不佳何必桑乾方是遠中流以北卽天涯

淮以北久陸沈矣

劉岳張韓宣國威趙張二將築皇基長淮咫尺分南北淚濕秋風欲怨誰

此四首皆寫南渡後中國百姓之可憐

兩岸舟船各背馳波痕交涉亦難爲只餘鷗鷺無拘管北去南來自在飛

可以人而不如鷗鷺乎

中原父老莫空談逢着王人訴不堪卻是歸鴻不能語一年一度到江南

可以人而不如鴻乎

曉過丹陽縣

風從船裏出船前漲起簾幃紫拂天點檢風來無處覓破窗一隙小於錢

雞犬漁翁共一船。生涯都在箬篷間。小兒不耐初長日。自織筠籃勝打閑。

泊平江百花洲

吳中好處是蘇州。卻爲王程得勝遊。半世三江五湖棹。十年四泊百花洲。岸旁楊柳都相識。眼底雲山苦見留。莫怨孤舟無定處。此身自是一孤舟。

題沈子壽旁觀錄

逢著詩人沈竹齋。丁寧有口不須開。被渠譜入旁觀錄。四馬如何挽得回。

倒載而入作法。

宿池州齊山寺即杜牧之九日登高處

我來秋浦正逢秋。夢裏重來似舊遊。風月不供詩酒債。江山長管古今愁。謫仙狂飲顛吟寺。小杜倡情冶思樓。問着州民渾不識。齊山依舊俯寒流。齊山五洞其一曰妙峯峯下有山谷

池口移舟入江再泊十里頭潘家灣阻風不止

北風五日吹江練。江底吹翻作江面。大波一跳入天半。粉碎銀山成雪片。五日五更

無停時長江倒流都上西計程一日二千里今踰灩澦到峨眉更吹兩日江必竭卻將海水來相接老夫早知當陸行錯料一帆超十程如今判卻十程住何策更與陽侯爭水到峨眉無去處下梢不到忘歸路我到金陵水自東只恐從此無南風

寫逆風全就江水西流著想驚人語乃未經人道矣

舟中排悶

江流一直還一曲淮山一起還一伏江流不肯放人行淮山只管留人宿老夫一出緣秋涼半塗秋熱難禁當卻借樓船順流下逆風五日殊未央老夫平生行此世不自爲政聽天地只今未肯放歸程安知天意非奇事平生愛誦謫仙詩百誦不熟良獨癡舟中一日誦一首誦得徧時應得歸

八月十三日望月

纔近中秋月已淸鴉青幕挂一團冰忽然覺得今宵月元不粘天獨自行

此寫出極明之月也

早春

還家五度見春容。長被春容惱病翁。高柳下來垂處綠。小桃上去末梢紅。捲簾亭館酣酣日。放杖溪山款款風。更入新年足新雨。去年未當好時豐。

三四寫桃柳一上一下。可謂體物瀏亮。

進退格寄張功父姜堯章

尤蕭范陸四詩翁。此後誰當第一功。新拜南湖爲上將。更牽白石作先鋒。可憐公等俱癡絕。不見詞人到老窮。謝遣管城儂已曉。酒泉端欲乞移封。

舟過黃田謁龍母護應廟

遠山相別忽相尋。水到黃田漸欲深。見說前頭山更好。且留好句未須吟。

舟過謝潭

碧酒時傾一兩杯。船門纔閉又還開。好山萬皺無人見。都被斜陽拈出來。

春晴懷故園海棠

故園今日海棠開。夢入江西錦繡堆。萬物皆春人獨老。一年過社燕方回。似青如白天濃淡。欲墮還飛絮往來。無奈春光餐不得。遣詩招入翠瓊杯。

竹邊臺榭水邊亭。不要人隨只獨行。乍暖柳條無氣力。淡晴花影不分明。一番過雨來幽徑。無數新禽有喜聲。只欠翠紗紅映肉。兩年寒食負先生。予去年正月離家之官蓋兩年不見海棠矣

峽山寺竹枝詞

一灘過了一灘奔。一石橫來一石蹲。若怨古來天設險。峽山不過也由君。

末句用吞筆似他人所未有。

天齊浪自說浯溪。峽與天齊眞箇齊。未必峽山高爾許。看來只恐似天低。

過五里逕

野水奔來不小停。知渠何事大忙生。也無一個人催促。自愛爭先落澗聲。

明發房溪

青天白日十分晴。轎上蕭蕭忽雨聲。卻是松梢霜水落。雨聲那得此聲清。

題太和主簿趙昌父思隱堂

西昌主簿如禪僧。日餐秋菊嚼春冰。西昌府舍如佛屋。一物也無唯有竹。俸錢三月不曾支。竹陰過午未晨炊。大兒叫怒小兒啼。乃翁對竹方哦詩。詩人與竹一樣瘦。詩句與竹一樣秀。故山蒼玉捶綠雲。月梢風葉最關身。勸渠未要思舊隱。且與西昌作好春。

二月一日曉渡太和江

曉翠妨人看遠山。小風偏入客衣單。桃花愛做春寒信。只恐桃花也自寒。

題鍾家村石崖

水與高崖有底冤。相逢不得鎮相喧。若教漁父頭無笠。只着簑衣便是猿。

末七字使人失笑。

暮泊鼠山聞明朝有石塘之險

下水船逢上水船。夕陽仍更溢沙灘。雁來野鴨卻驚起。我與舟人俱仰看。回望雪邊山已遠。如何篷底暮猶寒。今朝莫說明朝路。萬石堆心一急湍。

三四似不對。而實無字不對。流水句似此方非趁筆。

送鄉僧德璘監寺緣化結夏歸天童山

七百支郎夜忍飢。木魚閉口等君歸。還山大衆空歡喜。只有誠齋兩首詩。

陸游字務觀越州山陰人蔭補登仕郎賜進士出身同修三朝國史實錄陞寶章閣待制致仕封渭南伯

寄酬曾學士學宛陵先生體比得書云所寓廣教僧舍有陸子泉每對之輒奉懷

庭中下午鵲。門外傳遠書。小印紅屈蟠。兩端黃蠟塗。開緘展矮紙。滑細疑卵膚。首言勞良苦。後問逮妻孥。中間勉以仕。語意極勤渠。字如老瘠竹。墨淡行疎疎。詩如古鼎篆。可愛不可摹。快讀醒人意。垢癢逢爬梳。細讀味益長。炙轂出膏腴。行吟坐臥看。廢食至日晡。想見落筆時。萬象聽指呼。亦知題詩處。綠井石髮麤。公閒計有客。煎茶置風爐侑公無客時濯纓亦足娛井名本季疵思人理豈無居然及賤子媿謝恩意殊幾時得從公舊學鋤荒蕪古文講聲形誤字辨魯魚時時酌井泉露芽奉瓢盂不知公許否因風報何如

此詩學宛陵翁已自道眞學得到家

新夏感事

百花過盡綠陰成漠漠爐香睡晚晴病起兼旬疏把酒山深四月始聞鶯近傳下詔通言路已卜餘年見太平聖主不忘初政美小儒唯有涕縱橫

東陽道中

風欹烏帽送輕寒雨點春衫作碎斑小吏知人當著句先安筆硯對溪山

以上兩詩置之東坡集中殆不能辨但坡公不把盞耳

望江道中

吾道非邪來曠野江濤始此去何之起隨烏鵲初翻後宿及牛羊欲下時風力漸添

帆力健艕聲常雜雁聲悲晚來又入淮南路紅樹青山合有詩

自詠示客

衰髮蕭蕭老郡丞洪州又看上元燈羞將枉直分尋尺寧走東西就斗升吏進飽諳鞾紙尾客來苦勸摸牀稜歸裝漸理君知否笑指廬山古澗籐廬山僧近寄籐杖甚奇

上巳臨川道中

二月六夜春水生陸子初有臨川行溪深橋斷不得渡城近臥聞吹角聲三月三日天氣新臨川道中愁殺人纖纖女手桑葉綠漠漠客舍桐花春平生怕路如怕虎幽居不省遊城府鶴軀苦瘦坐長饑龜息無聲惟默數如今自憐還自笑歛版低心事年少儒冠未恨終自誤刀筆最驚非素料五更欹枕一悽然夢裏扁舟水接天紅蕖綠芰梅山下白塔朱樓禹廟邊

此首格局頗新

晚泊

半世無歸似轉蓬。今年作夢到巴東。身遊萬死一生地。路入千峯百嶂中。鄰舫有時來乞火。叢祠無處不祈風。晚潮又泊淮南岸。落日啼鴉戍堞空。

翁與石湖誠齋皆倦遊者。而石湖但說退居之樂。陸楊則甚言老於道途之苦。似與官職大小亦有關繫。

黃州

局促常悲類楚囚。遷流還歎學齊優。江聲不盡英雄恨。天意無私草木秋。萬里羈愁添白髮。一帆寒日過黃州。君看赤壁終陳跡。生子何須似仲謀。

翻案不喫力。

蟠龍瀑布

遠望紛珠纓。近觀轉雷霆。人言水出奇。意使行人驚。人驚我何得。定非水之情。水亦有何情。因物以賦形。處高勢趨下。豈樂與石爭。退之亦險人。强言不平鳴。古來賢達士。初亦願躬耕。意氣或感激。邂逅成功名。

言凡物之出色皆遭遇而已此正告懷才不遇者內重自然外輕也

岳池農家

春深農家耕未足原頭叱叱兩黃犢泥融無塊水初渾雨細有痕秧正綠綠秧分時風日美時平未有差科起買花西舍喜成婚持酒東鄰賀生子誰言農家不入時小姑畫得城中眉一雙素手無人識空村相喚看繅絲農家農家樂復樂不比市朝爭奪惡宦游所得眞幾何我已三年廢東作

聞杜鵑戲作

半世羈游厭路歧憑鞍日日數歸期勞君樹上叮嚀語似勸飢人食肉糜

此與鷓鴣應是鼻亭公用事之妙無獨有偶

寓驛舍予三至成都皆館於是

間坊古驛掩朱扉又憩空堂綻客衣九萬里中鯤自化一千年外鶴仍歸遶庭數竹饒新筍解帶量松長舊圍惟有壁間詩句在暗塵殘墨兩依依

宴西樓

西樓遺迹尙豪雄。錦繡笙簫在半空。萬里因循成久客。一年容易又秋風。燭光低映珠簾麗。酒暈徐添玉頰紅。歸路迎涼更堪愛。摩訶池上月方中。

因循兩字。誤事不少。然不因循而徒勞無功者衆矣。有道力者。要自有權衡耳。

花時遍遊諸家園

看花南陌復東阡。曉露初乾日正妍。走馬碧雞坊裏去。市人喚作海棠顚。

爲愛名花抵死狂。只愁風日損紅芳。綠章夜奏通明殿。乞借春陰護海棠。

翩翩馬上帽簷斜。盡日尋春不到家。偏愛張園好風景。半天高柳臥溪花。

花陰掃地置清尊。爛醉歸時夜已分。欲睡未成欹倦枕。輪囷帳底見紅雲。

宣華無樹著啼鸎。惟有摩訶春水生。故老能言當日事。直將宮錦裹宮城。

絲絲紅蕚弄春柔。不似疎梅只慣愁。常恐夜寒花索寞。錦茵銀燭按涼州。

月下醉題

黃鵠飛鳴未免飢。此身自笑欲何之。閉門種菜英雄老。彈鋏思魚富貴遲。生擬入山隨李廣。死當穿冢近要離。一樽彊醉南樓月。感慨長吟恐過悲。

江樓醉中作

淋漓百榼宴江樓。秉燭揮毫氣尚遒。天上但聞星主酒。人間寧有地埋憂。生希李廣名飛將。死慕劉伶贈醉侯。戲語佳人頻一笑。錦城已是六年留。

以上二詩中兩聯皆名士應有語。但裁對工整。翁所長耳。

南定樓遇急雨

行遍梁州到益州。今年又作度瀘遊。江山重複爭供眼。風雨縱橫亂入樓。人語朱離逢峒獠。棹歌欸乃下吳舟。天涯住穩歸心懶。登覽茫然卻欲愁。

雄渾處豈亞杜陵。許丁卯之山雨欲來。對此能無大小巫之別。

漁翁

江頭漁家結茆廬。青山當門畫不如。江烟淡淡雨疏疏。老翁破浪行捕魚。恨渠生來

不讀書江山如此一句無我亦衰遲慙筆力共對江山三歎息

聞雁

過盡梅花把酒稀熏籠香冷換春衣秦關漢苑無消息又在江南送雁歸

登擬峴臺

層臺縹緲壓城闉倚杖來觀浩蕩春放盡尊前千里目洗空衣上十年塵縈迴水抱中和氣平遠山如醞籍人更喜機心無復在沙邊鷗鷺亦相親

五六二語可括盡蘇松常太山水

臨安春雨初霽

世味年來薄似紗誰令騎馬客京華小樓一夜聽春雨深巷明朝賣杏花矮紙斜行閒作草晴窗細乳戲分茶素衣莫起風塵歎猶及清明可到家

飲張功父園戲題扇上

寒食清明數日中西園春事又匆匆梅花自避新桃李不爲高樓一笛風

聞傅氏莊紫笑花開急棹小舟觀之

日長無奈清愁處醉裏來尋紫笑香漫道閒人無一事逢春也似蜜蜂忙

寄題朱元晦武夷精舍錄一首

蟬蛻巖間果是無世人妄想可憐渠有方爲子換凡骨來讀晦菴新著書

恐未必然亦過屠門而大嚼貴且快意耳

到嚴十五晦朔郡釀不佳求於都下既不時至欲借書讀之而寓公多祕不肯出無以度日殊悒悒也

桐君放隱兩經秋小院孤燈夜夜愁名酒過於求趙璧異書渾似借荊州溪山勝處眞難到風月佳時事不休安得連車載郫釀金鞭重作浣花遊

山園

買得新園近釣磯旋營茆棟設柴扉山經宿雨脩容出花倚和風作態飛世事只成驚老眼酒徒頻約典春衣狂吟爛醉君無笑十丈愁城要解圍

秋晚思梁益舊遊

憶昔西行萬里餘長亭夜夜夢歸吳如今歷盡風波惡飛棧連雲是坦途

滄波極目江鄉恨衰草連天塞路愁三十年間行萬里不論南北怯登樓

晚眺

秋晚閒愁抵酒濃試尋高處倚枯筇雲歸時帶雨數點木落又添山一峯鳴雁沙邊驚客艣行僧烟際認樓鐘筒中詩思來無盡十手傳抄畏不供

贈劉改之秀才

君居古荊州醉膽天宇小尚不拜龐公況肯依劉表胸中九淵蛟龍蟠筆底六月冰雹寒有時大叫脫烏幘不怕酒盃如海寬放翁七十病欲死相逢尚能刮眼看李廣不生楚漢間封侯萬戶宜其難

久不得張漢州書

儘道三巴遠郵無一紙書衰遲自難記不是故人疏

書室明煖終日婆娑其間倦則扶杖至小園戲作長句

美睡宜人勝按摩。江南十月氣猶和。重簾不捲留香久。古硯微凹聚墨多。月上忽看梅影出。風高時送雁聲過。一杯太淡君休笑。牛背吾方扣角歌。

春晚懷山南

梨花堆雪柳吹緜。常記梁州古驛前。二十四年成昨夢。每逢春晚卽悽然。

幽居初夏

湖山勝處放翁家。槐柳陰中野徑斜。水滿有時觀下鷺。草深無處不鳴蛙。籜龍已過頭番筍。木筆初開第一花。歎息老來交舊盡。睡餘誰共午甌茶。

六月二十四日夜分夢范至能李知幾尤延之同集江亭諸公請予賦詩記江湖之樂詩成而覺忘數字而已

露箬霜筠織短蓬。飄然來往淡烟中。偶經菱市尋谿友。卻揀蘋汀下釣筒。白菡萏香初過雨。紅蜻蜓弱不禁風。吳中近事君知否。團扇家家畫放翁。

宋人詩如有神助者四首。永叔、君謨、子瞻、及翁。皆夢中作。鬼神及夢。皆吾所不信。舉之者。以四詩之高妙。爲四君平生所未曾有。讀之輒令人神往不置也。

閒居自述

自許山翁嬾是眞。紛紛外物豈關身。花如解笑還多事。石不能言最可人。淨掃明窗憑素几。閒穿密竹岸烏巾。殘年自有青天管。便是無錐也未貧。

三四乃歷久常新之句。

睡起至園中

春風忽已遍天涯。老子猶能領物華。淺碧細傾家釀酒。小紅初試手栽花。野人易與輸肝肺。俗語誰能挂齒牙。更欲世間同省事。勾回蟻戰放蜂衙。

陳阜卿先生爲兩浙轉運司考試官時秦丞相孫以右文殿脩撰來就試直欲首送阜卿得予文卷擢置第一秦氏大怒予明年既顯黜先生亦幾陷危機偶秦公薨遂已予晚歲料理故書得先生手帖追感平昔作長句以識其事

不知衰涕之集也

冀北當年浩莫分。斯人一顧每空羣。國家科第與風漢。天下英雄惟使君。後進何人知大老。橫流無地寄斯文。自憐衰鈍辜眞賞。猶竊虛名海內聞。

讀末句眞感慨由衷之言矣。

西郊步武地春將老矣不能一往朝吉妷今日爲遨頭溢雨大作非惟人心難幷止或尼之枕上得小詩賚宋永兄一噱因呈昔遊兄弟速尋舊盟勿爲天公所玩

無復西郊訪綺羅。任教佳景去如梭。殘杯冷炙何曾夢。亂絮飛花積漸多。舉世盡從忙裏過。幾人能共醉時歌。不辭作意營春事。急雨狂風可奈何。

劍門道中遇微雨

衣上征塵雜酒痕。遠遊無處不消魂。此身合是詩人未。細雨騎驢入劍門。

禹跡寺南有沈氏小園四十年前嘗題小闋壁間偶復一到而園已易主刻小

閱于石讀之悵然

楓葉初丹槲葉黃河陽愁鬢怯新霜林亭感舊空回首泉路憑誰說斷腸壞壁醉題塵漠漠斷雲幽夢事茫茫年來妄念消除盡回向禪龕一炷香

古今斷腸之作無如此前後三首者

沈園

城上斜陽畫角哀沈園非復舊池臺傷心橋下春波綠曾是驚鴻照影來

夢斷香消四十年沈園柳老不吹綿此身行作稽山土猶弔遺蹤一泫然

無此絕等傷心之事亦無此絕等傷心之詩就百年論誰願有此事就千秋論不可無此詩

湖水愈縮戲作

瓜壟從來幾邵平鏡湖復有一玄英今秋雨少烟波窄堪笑沙鷗也敗盟

梅花絕句

聞道梅花坼曉風。雪堆遍滿四山中。何方可化身千億。一樹梅花一放翁。

柳州之化身何其苦。此老之化身何其樂。

先少師宣和初有贈晁公以道詩云奴愛才如蕭穎士婢知詩似鄭康成公大愛賞今逸全篇偶讀晁公文集泣而足之

士不逢時勇退耕。閉門自號景迂生。遠聞佳士輒心許。老見異書猶眼明。奴愛才如蕭穎士。婢知詩似鄭康成。早孤遇事偏多感。欲續殘章涕已傾。

恩封渭南伯唐詩人趙嘏爲渭南尉當時謂之趙渭南後來將以予爲陸渭南平戲作長句

老向人間久倦遊。君恩乞與渭川秋。虛名定作陳驚坐。好句眞慙趙倚樓。棧豆十年羇病馬。烟波萬里著浮鷗。就封他日輕裘去。應過三峯處處留。

小舟遊近村捨舟步歸

斜陽古柳趙家莊。負鼓盲翁正作場。死後是非誰管得。滿村聽說蔡中郎。

示兒

死去元知萬事空　但悲不見九州同　王師北定中原日　家祭無忘告乃翁

案劍南最工七言律七言絕句　略分三種　雄健者不空　雋異者不澁　新穎者不纖　古體詩次之　五言律又次之　七言律斷句美不勝收　略摘如左

劍南摘句圖

正欲清言聞客至　偶思小飲報花開　號野百蟲如自訴　辭柯萬葉竟安歸　魚市人家滿斜日　菊花天氣近新霜　寒束幽花如有待　風延啼鳥苦相催　還鄉且盡田家樂　舉世誰非市道交　隣諳好事頻賒酒　家不全貧肯賣文　雲容山意商量雪　柳眼桃腮領略春　津吏報添三尺水　山僧歸入萬重雲　傍水無家無好竹　卷簾是處是青山　凍雲傍水封梅蕚　嫩日烘窗釋硯冰　山重水複疑無路　柳暗花明又一村　郊原遠帶新晴色　人語中含樂歲聲　樓船夜雪瓜洲渡　匹馬秋風大散關　案樓船一聯　惟甌北詩話引之　選宋詩者皆未之及　異矣

黃公度字師憲莆田人官祕書省正字

悲秋

萬里西風入晚扉，高齋悵望獨移時。迢迢別浦帆雙去，漠漠平蕪天四垂。雨意欲晴山鳥樂，寒聲初到井梧知。丈夫感慨關時事，不學楚人兒女悲。

暮春宴東園方良翰喜有詩入夏追和

要洗襟懷萬斛埃，一尊相屬莫遲回。顛狂柳絮將春去，排比荷花刺水開。懶矣宦情甘冗長，拙於句法強追陪。人生行樂須閒健，千古朱顏同一頹。

道間即事

花枝已盡鶯將老，桑葉漸稀蠶欲眠。半濕半晴梅雨道，乍寒乍暖麥秋天。村墟沽酒誰能擇，郵壁題詩盡偶然。方寸怡怡無一事，麤裘糲食地行僊。

數詩造句皆能自具爐錘者。

宋詩精華錄卷第四

石遺老人評點

戴復古字式之天台黃巖人居南塘石屏山因自號石屏嘗登放翁之門以詩鳴江湖間者五十年

案石屏詩心思力量皆非晚宋人所有以其壽長入晚宋屈爲晚宋之冠

夢中亦役役

半夜羣動息五更百夢殘天鷄啼一聲萬枕不遑安一日一百刻能得幾刻閒當其閒睡時作夢更多端窮者夢富貴達者夢神仙夢中亦役役人生良鮮歡

大熱五首 錄一

天嗔吾面白晒作鐵色深天能黑我面豈能黑我心我心有氷雪不受暑氣侵推去北窗枕思鼓南風琴千古叫虞舜遺我以好音

倔强可喜所謂天生黑于予澡豆其如予何也

次韻謝敬之題南康縣劉淸老園

劉子隱居地眞如李愿盤萬松春不老多竹夏生寒卜築世情遠登臨客慮寬題詩疥君壁聊以記遊觀

寄韓仲止

何以澗泉號取其清又淸天游一丘壑孩視幾公卿杯舉卽時酒詩留後世名黃花秋意足東望憶淵明

孩視二字有佛圖澄以石勒爲海鷗鳥意

題張僉判園林

園圃屋東西從君一杖藜雨寒花蕋瘦春重柳絲低亭館常留客軒窗總傍溪摩挲雪色壁安得好詩題

哭趙紫芝

嗚呼趙紫芝其命止於斯東晉時人物晚唐家數詩瘦因吟思苦窮爲宦情癡憶在

藏春圃花邊細話時

渝江綠陰亭九日燕集

九日江亭上，誰憐老孟嘉。要人看白髮，不用整烏紗。寄興題桐葉，長歌醉菊花。歸心徒自苦，猶在楚天涯。

三四翻用杜句好。

湖南見真師

致身雖自文章選，經世尤高政事科。以若所爲卽伊呂，使其不遇亦丘軻。長沙地窄儒衣闊，明月池乾春水多。天以一賢私一路，其如四路九州何。

摶捖有力量。

江陰浮遠堂

橫岡下瞰大江流，浮遠堂前萬里愁。最苦無山遮望眼，淮南極目盡神州。

有氣概。

戲題詩蕘

冷澹篇章遇賞難。杜陵淸瘦孟郊寒。黃金作紙珠排字。未必時人不喜看。

俗人肺腸的是如此。

袁州化成巖李衛公謫居之地

一巖端坐挹千峯。三兩亭臺勝槩中。江水驟生連夜雨。松聲吹下半天風。因思世故吾頭白。獨步林皐夕照紅。欲吐草茅憂國志。誰能喚起贊皇公。

異乎書生大言。若陳同甫劉改之一流人。

句

水闊終非海。樓高不到天。　問天求酒量。翻海洗詩窮。　春水渡旁渡。夕陽山外山。

湘江一點不容俗。岳麓四時皆是秋。

姜夔字堯章。鄱陽人。工聲律。居苕溪。與白石洞天爲鄰。潘檉號之曰白石道人。時黃景說亦號白石。人稱雙白石。

送朝天續集歸誠齋時在金陵

翰墨場中老斲輪真能一筆埽千軍年年花月無閑日處處山川怕見君箭在的中非爾力風行水上自成文先生只可三千首回施江東日暮雲

第四句卽天雨粟鬼夜哭意

除夜自石湖歸苕溪

笠澤茫茫鴈影微玉峯重疊護雲衣長橋寂寞春寒夜只有詩人一舸歸

姑蘇懷古

夜暗歸雲繞柁牙江涵星影鷺眠沙行人悵望蘇臺柳曾與吳王埽落花

湖上寓居雜詠

荷葉披披一浦涼青蘆奕奕夜吟商平生最識江湖味聽得秋聲憶故鄉

平甫見招不欲往

老去無心聽管弦病來杯酒不相便人生難得秋前雨乞我虛堂自在眠

登烏石寺

諸老凋零極可哀。尚留名字壓崔嵬。劉郎可是疎文墨。幾點臙脂汙綠苔。

首二句言張魏公劉安成岳武穆留題。後二句言劉題係命侍兒意真代書。

過垂虹

自作新詞韻最嬌。小紅低唱我吹簫。曲終過盡松陵路。回首煙波十四橋。

晚宋人多專工絕句。白石其尤者。與詞近也。

葉紹翁字嗣宗。建安人。隱於錢唐西湖之濱。與葛天民酬倡。有靖逸小稾

登謝屐亭贈謝行之

君家靈運有山癖。平生費卻幾緉屐。從人喚渠作山賊。內史風流定誰識。西窗小憩足力疲。夢賦池塘春草詩。只今屐朽詩不朽。五字句法誰人追。天台覽遍興未已。天台山前聽流水。秦人稱帝魯連恥。寧向蒼苔留屐齒。乙庵是渠幾世孫。登山認得屐齒痕。摩挲苔石坐良久。便欲老此嵓之根。吾儂勸渠且歸去。請君更學遙遙祖。遙遙

之祖定阿誰。曾出東山作霖雨。乙庵未省卻問儂。莫是當年折屐翁。

案晚宋詩人工古體者不多。此篇其最清脆者。

遊園不值

應嫌屐齒印蒼苔。小扣柴扉久不開。春色滿園關不住。一枝紅杏出牆來。

九日呈真直院

秋風吹客客思家。破帽從渠自在斜。腸斷故山歸未得。借人籬落種黃花。

葛天民字無懷、山陰人、忽祝髮爲僧。更名義銛、字朴翁。後仍返初服。有二妾曰如夢如幻。與姜堯章葉紹翁交好。

仲春

落梅如雪雨如麻。最怕春寒是杏花。病後不能涓滴飲。可憐芳信到貧家。

迎燕

咫尺春三月。尋常百家姓。爲迎新燕入。不下舊簾遮。翅濕霑微雨。泥香帶落花。巢成

雛長大相伴過年華

對燕談家常貧家況味

江上

連天芳草雨漫漫贏得鷗邊野水寬花欲盡時風撲起柳綿無力護春寒

句

鶯來占柳爲歌院蝶去尋花作醉鄉　貓來戲捉穿花蝶雀下偷銜卷葉蟲　羣鴈橫空成一字孤螢度水似雙星

體物入微卷葉蟲未經人說過

劉過字改之自號龍洲泰和人紹熙間叩閽上書終落魄無所遇

喜雨呈吳察按

黃鶴山前雨乍過城南草市樂如何千金估客倡樓醉一笛牧童牛背歌江夏水生歸未得武昌魚美價無多櫂船亦欲徜徉去古井而今瀒不波

三四能作平等観。自是聰明人語。

敖陶孫字器之號臞翁長樂人嘉定間主管華州西嶽

洗竹簡諸公同賦

舍東修竹密如櫛。一日洗淨清風來。脫巾解帶坐寒碧。置觴露飲始此廻。平林遠靄開圖畫。西望羣山如過馬。詩翁意落帆影外。孤邨結廬對瀟灑。百年奇事笑譚成。向來無此蒼龍聲。閑身一笑直錢萬。刻粉劖青留姓名。

用韻謝竹主人陳元仰

熱中襳襹令我汗。日暮佳人期不來。陳郎揖人不下榻。青山白雲喚得迴。手開十畝蕭郎畫箇裏。何妨繫我馬。食單得涼清可啜。氄褐分陰翠如灑。搖金戛玉眞天成。夢擣風前茶臼聲。一川窈窕荷萬柄。野翁得此甘辭名。

竹閒新闢一地可坐十客用前韻刻竹上

竹君得姓起何代。渭川鼻祖慈雲來。主人好事富千㙈。日報平安知幾回。平生好山

仍好畫意匠經營學盤馬別裁斗地規摩圍自汲清池行播灑一杯壽君三徑成請君靜聽風來聲醉眠煮得石根爛以次平章身與名

以上三詩筆致瀟灑眞是詩人之詩

四月二十三日始設酒禁試東坡羹一杯其味甚眞覺麴糵中殊無寸功也食己得三詩 錄一

評詩要平澹此語吾不然大千自有舌何用長短篇謂是天送句端正落我前旋聞口吻嗚頗益心腸煎少陵耽句佳欲以一死捐是中有眞意靖節差獨賢

此詩當卽矯正嚴滄浪論詩之弊

上閩帥范石湖五首 錄一

今代論文更是非賞音誰復得牙夔眞從長慶成編日便到先生晚歲詩萬馬蕭蕭閑律令孤峯隱隱出旌旗了知長短三千首收拾餘師卽我師

比擬恰當

嚴羽字丹丘一字儀卿邵武人自號滄浪逋客有滄浪吟

訪益上人蘭若

獨尋青蓮宇行過白沙灘一徑入松雪數峯生暮寒山僧喜客至林閣供人看吟罷拂衣去鐘聲雲外殘

和上官偉長蕪城晚眺

平蕪古堞暮蕭條歸思憑高黯未消京口寒煙鴉外滅歷陽秋色雁邊遙清江木落長疑雨暗浦風多欲上潮惆悵此時頻極目江南江北路迢迢

滄浪有詩話論詩甚高以禪爲喻而所造不過如此專宗王孟者囿於思想短於才力也即如此首三四鴉外雁邊意分一近一遠終嫌雨鳥無大界限

嚴粲字坦叔一字明卿邵武人官清湘令

騎牛圖

乃翁騎牛驢馱兒松間提挈羣童隨驢逢短橋兒回顧牛背推敲了不知

可與楊朴移家詩並傳。而此較本色易曉。

句

習氣餘詩句。枯禪墮佛機。　迸筍補籬竹。落松添屋茅。

趙師秀字紫芝。改稱靈秀。永嘉人。四靈中惟師秀登科改官。然亦不顯。四靈專尚五言律。靈秀之言曰。一篇幸止有四十字。更增一字。吾末如之何矣。其才力之薄弱可想。

鴈蕩寶冠寺

行向石欄立。清寒不可云。流來橋下水。半是洞中雲。欲住逢年盡。因吟過夜分。蕩陰當絕頂。一雁未曾聞。

三四在四靈中。最爲掉臂游行之句。

薛氏瓜廬

不作封侯念。悠然遠世紛。惟應種瓜事。猶被讀書分。野水多於地。春山半是雲。吾生嫌已老學圃未如君。

五六何減石屛之渡旁渡山外山耶。上句似乎過之。

數日

數日秋風欺病夫。盡吹黃葉下庭蕪。林疎放得遙山出。又被雲遮一半無。

似誠齋。

約客

黃梅時節家家雨。青草池塘處處蛙。有約不來過夜半。閒敲碁子落燈花。

翁卷字靈舒。永嘉人。四靈之一。四人因卷本字靈舒。遂改道暉爲靈暉。文淵爲靈淵。紫芝爲靈秀云。

寄永州徐三掾曹

聞說居官處。千峯近九疑。合流皆楚水。高石半唐碑。香草寒猶綠。淸猿夜更悲。其中多隱者。君去得逢誰。

陳西老母氏挽詞

八十餘年壽孀居備苦辛成家無別物有子作詩人遠客移書弔新墳得佛鄰秋堂挂遺像癯若在時身

哭徐山民

已是窮侵骨何期早喪身分明上天意磨折苦吟人花色連晴晝鶯聲在近鄰誰憐三尺像猶帶瘦精神

瘦而有精神推許得體

山雨

一夜滿林星月白亦無雲氣亦無雷平明忽見溪流急知是他山落雨來

鄉村四月

綠遍山原白滿川子規聲裏雨如煙鄉村四月閑人少纔了蠶桑又插田

句

冰乾半池水。花落一根梅。（冬日過道人舊房）數僧歸似客。一佛壞成泥。（信州草衣寺）寒潭盛塔影。古木帶廚煙。（能仁寺）

徐璣字文淵。從晉江遷永嘉。官武當長泰令。璣自謂能復唐詩。復賈島姚合之詩耳。詩多酸寒。寒不厭。酸則可厭。錄其不酸者。

泊舟呈靈暉

泊舟風又起。繫纜野桐林。月在楚天碧。春來湘水深。官貧思近闕。地遠動愁心。所喜同舟者。清羸亦好吟。

贈徐照

近參圓覺境如何。月冷高空影在波。身健卻緣餐飯少。詩清都爲飲茶多。塵居亦似山中靜。夜夢俱無世慮魔。昨日曾知到門外。因隨鶴步踏青莎。

句

水清知酒好。山瘦識民貧。

徐照字道暉、永嘉人自號山民、改號靈暉。

莫愁曲

莫愁石城住。今來無莫愁。只重石城水。曾汎莫愁舟。

柳葉詞

嫩葉吹風不自持。淺黃微綠映淸池。玉人未識分離恨。折向堂前學畫眉。

新巧而已。

分題得漁村晚照

漁師得魚繞溪賣。小船橫繫柴門外。出門老嫗喚雞犬。收斂簑衣屋頭曬。賣魚得酒又得錢。歸來醉倒地上眠。小兒啾啾問煮米。白鷗飛去蘆花煙。

劉克莊字潛夫莆陽人後村其號官至江東提刑入經筵直綸省旋以祕閣修撰出爲福建提刑嘗詠落梅。有東君謬掌花權柄。卻忌孤高不主張句。讒者箋其詩以示柄臣。由此閑廢十載。

北山作

骨法枯閒甚惟堪作隱君山行忘路脈野坐認天文字瘦偏題石詩寒半說雲近來仍喜瞶閒事不曾聞

夜過瑞香菴作

夜深捫絕頂童子旋開扉問客來何暮云僧去未歸山空聞瀑瀉林黑見螢飛此境惟予愛他人到想稀

哭薛子舒二首

醫自金壇至猶言疾可爲瀕危人未信聞死世皆疑交共收殘藁妻能讀殯儀借來書册子掩淚付孤兒

忍死教磨墨留書訣父兄讀來堪下淚寄去怕傷情墓要師爲志詩於世有名夜闌秋枕上猶夢共山行

答友生

讀易參禪事事奇高情已恨挂冠遲清于楚客滋蘭日貧似唐人乞米時家爲買琴添舊債廚因養鶴減晨炊君看江表英雄傳何似孤山一卷詩

冶城

斷鏃遺鎗不可求西風古意滿原頭孫劉數子如春夢王謝千年有舊遊高塔不知何代作暮笳似說昔人愁神州只在闌干北度度來時怕上樓

西山

絕頂遙知有隱君餐芝種朮鹿爲羣多應午竈茶煙起山下看來是白雲

歸至武陽渡作

夾岸盲風掃楝花高城已近被雲遮遮時留取城西塔篷底歸人要認家

出郭

江邊一雨洗秋容北郭東郊野意濃老大怕它人檢點隔溪隔柳看芙蓉

再贈錢道人

拙貌慚君子細看鏡中我自覺神寒直從杜甫編排起幾箇吟人作大官

方寺丞新第二首

宅成天下借圖看始笑書生眼力慳地占百弓多是水樓無一面不當山荷深似入苕溪路石怪疑行雁蕩間只恐中原方鼎沸天心未遣主人閒

一生不畜買田錢華屋何心亦偶然客至多逢僧在坐釣歸惟許鶴隨船按行花木皆僚友主掌湖山即事權京洛貴人金谷裏安知世上有林泉

歲晚書事十首 錄四

荒苔野蔓上籬笆客至多疑不在家病眼看人殊草草隔林迢遞見梅花

踏破儂家一逕苔雙魚去換隻雞回幸然不識聱牙字省得閑人載酒來

細君炊秫婢繰絲絲勝酥花總不知窗下老儒衣露肘挑燈自揀一年詩

日日抄書懶出門小窗弄筆到黃昏丫頭婢子忙勻粉不管先生硯水渾

燕

野老柴門日日開。且無欄檻礙飛迴。勸君莫入珠簾去。羯鼓如雷打出來。

七月九日

樵子俄從間路迴。因言溪谷響如雷。分明雨怕城中去。只隔前峯不過來。

少日

少日關河要指呼。晚歸田里似囚拘。氣衰不敢高聲語。腕弱纔能小楷書。座有老兵持共飲。路逢醉尉避前驅。子元兄弟何爲者。自是嵇康處世疎。

示同志一首

滿身秋月滿襟風。敢歎栖遲一壑中。除目解令丹竈壞。詔書能使草堂空。豈無高士招難出。曾有先賢隱不終。說與同袍二三子。下山未可太匆匆。

郊行

薄有西風意。郊行得自娛。山晴全體出。樹老半身枯。林轉亭方見。江侵路欲無。何妨橋纜斷。小艇故堪呼。

此首雜之杜集。殆不能辨。

見方雲臺題壁

寄書迢遞夢參差。每見留題慰所思。不論驛亭僧寺裏。有山水處有君詩。

記夢

父兄誨我髫髦初。老不成名鬢髮疏。紙帳鐵檠風雪夜。夢中猶誦少時書。

書獃眞相。

爲圃

屋邊廢地稍平治。裝點風光要自怡。愛敬古梅如宿士。護持新筍似嬰兒。花窠易買姑添價。亭子難營且築基。老矣四科無入處。旋鉏小圃學樊遲。

病後訪梅九絕 錄三

夢得因桃數左遷。長源爲柳忤當權。幸然不識桃幷柳。卻被梅花累十年。鄴侯詠柳云青青東門柳歲晏必憔悴柄國者以爲譏已區區毛鄭號精專，未必風人意果然。犬彘不吞舒亶唾，豈堪與世作詩箋。

一聯半首致魁台，前有沂公後簡齋。自是君詩無警策，梅花窮殺幾人來。

句

松氣滿山涼似雨，海聲中夜近如雷。　別後曾過東閣否，新來亦乞鑑湖無。　幾時供帳都門外，眞寫先生作畫圖。　撰出騷詞奴宋玉，寫成帖字婢羊欣。　鄰人欺不在，稍覺北枝傷。　病覺風光於我薄，老知書冊誤人多。　露坐一生無步障，春游是處有行窩。

案後村詩名頗大，專攻近體。寫景言情論事，絕無一習見語。絕句尤不落舊套。惟律句多太對，如難對易，如對似，爲對因，無對有，覺對知，疑對信之類，在在而有。

林希逸字肅翁號鬳齋又號竹溪福清人

溪上謠

溪上行吟山裏應。山邊閑步溪間影。每因人語識山聲。卻向溪光見人性。溪流自潄溪不喧。山鳥相呼山愈靜。野雞伏卵似養丹。睡鴨依蘆如入定。人生何必學臞仙。吾行自樂疑散聖。無人獨賦溪山謠。溪能遠和山能聽。

陳鑒之字剛父初名璟三山人嘉定時以詩稱

京口江閣和友人韻

良辰仍我輩。斗酒大江邊。小閣納萬里。一帆來九天。世塵黃鵠外。詩興白鷗前。地勝吾衰矣。長懷李謫仙。

趙希桷字誼父汴人寶慶間以詩稱有抱拙小稾

次蕭冰崖梅花韻

冰姿瓊骨淨無瑕。竹外溪邊處士家。若使牡丹開得蚤。有誰風雪看梅花。

武衍字朝宗汴人寶慶間以詩名

宮詞

梨花風動玉蘭香春色沈沈鎖建章惟有落紅官不禁儘教飛舞出宮牆

方岳字巨山　人紹定後官至吏部侍郎

觀漁

林光漏日煙霏濕鸕鷀簇立春沙碧湘竿擊水雪花飛鸕鷀沒入春溪肥銀刀撥剌爭三窟烏兔追亡健於鶻搜淵剔藪無噍類餘勇未厭心突兀十十五五斜陽邊聽呼名字方趨前吐魚筠籃不下咽手捽瑣碎勞爾還嗚呼奇哉子漁子塞上將軍那得爾

寫鸕鷀之聽命於漁子不啻軍令漁子眞不愧公羊氏之尊稱哉

句

百年雙短鬢九職一閒民　偶種竹成俱崛強旋移花活尙神通　生爲柱國身何在死葬祁連冢亦平　左花右竹自昭穆春鶴秋猿相友朋　勒將春去許多雨流出山來都是花　先後筍爭滕薛長東西鷗背晉齊盟　雌霓橫溪遮雨斷雄風吹

霧作塵飛　麥秋天氣半明暗蠶月人家忌往來　翁之樂者山林也客亦知夫水月乎　無詩傳與鷄林去有賦羞令狗監知

羅與之字與甫一字北涯螺川人端平間不第歸隱有雪坡小稾

看葉

紅紫飄零草不芳始宜攜杖向池塘看花應不如看葉綠影扶踈意味長

毛珝字元白柯山人有聲端平間有吾竹小稾

甲午江行

百川無敵大江流不與人間洗舊讎殘壘自緣他國廢諸公空負百年憂邊寒戰馬全裝鐵波闊征船半起樓一舉盡收關洛舊不知消得幾分愁

不圖晚宋尙有此壯往之作

羅公升字時翁吉州永豐人宋末縣尉

成婦

夫戍關西妾在東東西何處望相從只應兩處秋宵夢萬一關頭得暫逢

和宮怨

竹葉垂黃雨露偏羞緣買賦費金錢有緣會有承恩日莫遣蛾眉減去年

與杜荀鶴之宮怨異曲同工

岳珂字肅之號倦翁彰德人飛孫官至寶謨閣直學士嘉熙後移家檇李金陀坊

觀芙蓉有感

芙容城邊觀芙容開時澹白蔫深紅新晴著人過於酒聊與老面回春風少年白面豈長好花落花開不知老老來會有少年時對酒不飲將何爲

葉茵字景文笠澤人與徐璣林洪相倡和江湖間詩人也

機女歎

機聲伊軋到天明萬縷千絲織得成售與綺羅人不顧看紗嫌重絹嫌輕

此視謝疊山蠶婦吟又深一層矣謝詩云子規啼徹四更時起視蠶稠怕葉稀

不信樓頭楊柳月。玉人歌舞未曾歸。

危稹字逢吉臨川人嘉定中知漳州

送劉帥歸蜀

萬水朝東弱水西。先生歸去老峩眉。人間那得樓千尺。望得峨眉山見時。

用東坡那有千尋竹之意翻絕頂望鄉國之案愛而不見此詩自出眞情而錯怨江南北山多者亦望夫化石之癡想也

戴昺字景明號東埜石屏之從孫嘉定間官法曹參軍

夏曼卿作新樓扁曰瀟湘片景來求拙畫且索詩

有此一樓足。悠然萬慮忘。拓開風月地。壓斷水雲鄉。四野留春色。千峯明夕陽。眼前無限景。何處認瀟湘。

起筆嶄然

汪莘字叔耕休寧人自號方壺居士

湖上蚤秋偶興

坐臥芙蓉花上頭。青香長遶飲中浮。金風玉露玻璃月。併作詩人富貴秋。

玻璃月三字湊得好。秋上加以富貴。富貴上又加詩人。讀之但覺其奇而確。此十四字可以千古矣。

樂雷發字聲遠。號雪磯。江右春陵人。寶祐癸丑特科廷對第一。授館職。

送丁少卿自桂帥移鎮西蜀

瓊海收兵玉帳閑。又移齋艦泝浯灣。三邊形勢全憑蜀。四路封疆半是山。魏將舊聞侵劍閣。漢兵今欲卷函關。細傾瑞露論西事。想在元戎指畫間。

不似宋末詩人之作。第三句能道出南宋偏安全局關繫。非有吾鄉吳玠吳璘力保秦蜀。安得南渡百餘年之中國乎。然如用瑞露等字。終嫌小方。

夏日偶書

蜾蠃銜蟲入破窗。枕書一埭竹方牀。家童偶見草頭字。誤認離騷是藥方。

鄭震後更名起字叔起號菊山閩連江人晚爲安定和靖書院堂長所南其子也

荆江口望見君山

荆江口望漫漫。一白無邊夕照寒。只是青雲浮水上。教人錯認作山看。

案君山實非山乃一方式平島絕無峯巒故四面望之皆如一玉界尺橫在水面。此詩頗得眞相。

程俱字致道衢之開化人官至徽猷閣待制

望九華

船發大雲倉五十里許顧江南衆山中有數峯奇爽特異一見卽知其爲九華問篙人果然因知褚季野於廣坐中識孟萬年正應如此作詩一首。

卷簾對坐江南山。掠眼送青來疊疊。雲泉肺腸久厭飫。挂頰悠然聊復爾。奇峯遠澹忽四五。爽秀駸駸逼窗几。平生九華盛名下。一見定知眞是矣。非關目力覩天奧。正覺羣山如聚米。好山如人有高韻。不獨江州孟公子。直緣佳處無仕逕。莫道邊同

苦李大是忘年耐久交藜杖青鞵結終始

寫得逼肖江中望九華頗似嘉州望峨眉也

文天祥生時夢紫雲故名雲孫天祥其字也寶祐乙卯以字貢遂改字宋瑞吉州廬陵人居文山廷試第五理宗擢第一官至觀文殿學士右丞相樞密使加少保信國公宋亡殉于燕市

曉起

遠寺鳴金鐸疎窗試寶熏秋聲江一片曙影月三分倦鶴行黃葉癡猿坐白雲道人無一事抱膝看回文

五六卽爲自己寫照

夜坐

淡煙楓葉路細雨蓼花時宿雁半江畫寒蛩四壁詩少年成老大吾道付逶遲終有初心在聞雞坐欲馳

音調常帶淒哀詩所謂耿耿不寐也公有琴詩云松風一榻雨瀟瀟萬里封疆不寂寥閒坐瑤琴遺世慮君恩惟恐壯懷消尤爲悽清動人惜未有選者

謝翺字臯羽慕屈平託遠遊乃號晞髮子福建長溪人文天祥開府延平翺以布衣諮議參軍天祥死翺亡匿所至輒哭嘗登子陵釣臺設天祥主號哭以竹如意擊石歌曰魂朝往兮何極莫歸來兮關塞黑化爲朱鳥兮有咮焉食歌畢竹石俱碎詳西臺慟哭記古體多似長吉東野

效孟郊體

落葉昔日雨地上僅可數今雨落葉處可數還在樹不愁繞樹飛愁有空枝垂天涯風雨心雜佩光陸離感此畢宇宙涕零無所之寒花飄夕暉美人啼秋衣不染根與髮良藥空爾爲

閨中玻瓈盆貯水看落月看月復看日日月從此出愛此日與月傾寫入妾懷疑此一掬水中涵濟與淮淚落水中影見妾頭上釵

詩有奇想。視東野殆將突過黃初。

過杭州故宮二首

禾黍何人爲守閽。落花臺殿暗銷魂。朝元閣下歸來燕。不見前頭鸚鵡言。

紫雲樓閣讌流霞。今日凄涼佛子家。殘照下山花霧散。萬年枝上挂袈裟。

末句殆指楊璉眞伽等。非指瀛國公。

重過二首

複道垂楊草欲交。武林無樹着淩霄。野猿引子移來住。覆盡花枝翡翠巢。

翻用杜老詩意。

隔江風雨動諸陵。無主園池草自春。聞說就中誰最泣。女冠猶有舊宮人。

一時如王淸惠者。當不乏人。

句

錫聲歸後夜。琴意滿諸峯。　欲哭山陽笛。鄰人亦不存。　天陰月不死。江晚汐餘生。

可與語人少不成眠夜多

林景熙字德陽號霽山溫州平陽人官禮部架閣楊璉眞伽發宋陵景熙收高孝兩陵骨與唐玨所收者葬於蘭亭樹冬青以識之

山窗新糊有故朝封事藁閱之有感

偶伴孤雲宿嶺東四山欲雪地爐紅何人一紙防秋疏却與山窗障北風

前清潘伯寅尙書見賣餅家以宋版書殘葉包餅爲之流涕遇此不更當痛哭乎

答陳景賢

一劍挂寒壁艱危氣不衰髩痕朝鏡覺書味夜燈知夢斷潮生枕愁新鴈入詩思君心欲折又負菊花期

題陸放翁詩卷後

天寶詩人詩有史杜鵑再拜淚如水龜堂一老旗鼓雄勁氣往往摩其壘輕裘駿馬

成都花冰甌雪椀建溪茶承平麾節半海寓歸來鏡曲盟鷗沙詩墨淋漓不負酒但恨未飲月氏首牀頭孤劍空有聲坐看中原落人手青山一髮愁濛濛干戈已滿天南東來孫卻見九州同家祭如何告乃翁

事有大謬不然者乃至於此哀哉

夢中作四首 錄三

一坏自築珠丘土雙匣猶傳竺國經獨有春風知此意年年杜宇泣冬青

昭陵玉匣走天涯金粟堆前幾莫鴉水到蘭亭轉嗚咽不知眞帖落誰家

珠凫玉鴈又成埃斑竹臨江首重回猶憶年時寒食祭天家一騎捧香來

眞山民不傳名字亦不知何許人但自呼山民李生喬歎以爲不愧乃祖文忠西山以是知其姓眞

山亭避暑

怕礙清風入丁寧莫下簾地皆宜避暑人自要趨炎竹色水千頃松聲風四簷此中

有幽致。多取未傷廉。

此等人不值笑罵。姑借作詩料耳。

句

歸心千古終難白。啼血萬山都是紅。杜鵑花

紅白巧對。又蜂王衙早晚。燕子社春秋。亦此類。大略品格高而器局小。

鄭思肖、字憶翁、號所南、福州連江人、太學上舍、宋亡客吳下。

畫蘭

純是君子。絕無小人。空山之中。以天爲春。

費氏、蜀青城人、以才色事蜀主孟昶、號花蕊夫人。

口占答宋太祖

君王城上豎降旗。妾在深宮那得知。十四萬人齊解甲。更無一箇是男兒。

李清照、號易安居士、濟南人、知湖州趙明誠妻、南渡後明誠先卒。年五十餘矣。避

亂東西奔走無子流寓明州以終忌之者傳其再適癸巳彙稾辨之最詳

上樞密韓公工部尚書胡公

紹興癸丑五月兩公使金通兩宮也易安父祖出韓公門下見此大號令不能忘言作詩各一章以寄意以待采詩者云

三年夏六月天子視朝久凝旒望南雲垂衣思北狩如聞帝若曰岳牧與羣后賢寧無半千運已過陽九勿勒燕然銘勿種金城柳豈無純孝臣識此霜露悲何必羹捨肉便可車載脂土地非所惜玉帛如塵泥誰當可將命幣厚辭益卑四岳僉曰俞臣下帝所知中朝第一人春官有昌黎身爲百夫特行足萬人師嘉祐與建中爲政有臯夔漢家畏王商唐室尊子儀是時已破膽將命公所宜公拜手稽首受命白玉墀曰臣敢辭難此亦何等時家人安足謀妻子不必辭願奉天地靈願奉宗廟威徑持紫泥詔直入黃龍城北人定稽顙侍子當來迎仁君方博信狂生休請纓或取犬馬血與結天日盟

胡公清德人所難謀同德協心志安脫衣已被漢恩煖離歌不道易水寒皇天久陰后土溼雨勢未回風勢急車聲轔轔馬蕭蕭壯士懦夫俱感泣閭閻嫠婦亦何知瀝血投書干記室葵丘踐土非荒城勿輕談士棄儒生露布詞成馬猶倚崤函關出雞未鳴巧匠何曾棄樗櫟芻蕘之言或有益不乞隋珠與和璧只乞鄉關新信息靈光雖在悲蕭條草中翁仲今何若遺氓豈尚種桑麻敗將如聞保城郭嫠家父祖生齊魯位下名高人比數當時稷下縱談時猶記人揮汗成雨子孫南渡今幾年漂零遂與流人伍欲將血淚寄山河去灑東山一坏土

雄渾悲壯雖起杜韓爲之無以過也古今婦女文姬外無第三人然文姬所遇悲憤哀痛千古無兩私情公誼又自不同矣易安倘有浯溪碑七古二首詩筆雄俊而議論不免宋人意見未錄

句

南來尚怯吳江冷北去應悲易水寒　南渡衣冠少王導北來消息欠劉琨

易安詩句多譏刺時事故恨之者造言汚衊無所不至矣

汪元量字大有號水雲錢塘人以善琴事謝太后王昭儀宋亡隨三宮留燕後爲黃冠南歸浪迹名山水間

醉歌錄二

亂點連聲殺六更熒熒庭燎待天明侍臣已寫歸降表臣妾僉名謝道淸

有議水雲詩不應稱太后名姓者不知僉名降表當日實事無可諱者斥言之正以見哀痛之極也

南苑西宮棘露牙萬年枝上亂啼鴉北人環立闌干曲手指紅梅作杏花

句

南人墮淚北人笑臣甫低頭拜杜鵑

僧道潛號參寥子錢塘人爲東坡門客

絕句

高嵓有鳥不知名。款語春風入戶庭。百舌黃鸝方用事。汝音雖好復誰聽。

此指一般小人之排斥元祐黨者。

臨平道中

風蒲獵獵弄輕柔。欲立蜻蜓不自由。五月臨平山下路。藕花無數滿汀洲。

江上秋夜

雨暗蒼江晚未晴。井梧翻葉動秋聲。樓頭夜半風吹斷。月在浮雲淺處明。

維王府園與王元規承事同賦

一霎催花驟雨來。集芳堂下錦千堆。浪紅狂紫渾爭發。不待商量細細開。

藹藹春空宿霧披。桃溪柳陌共逶迤。阿戎莫道無才思。細草幽花摠要詩。

句

風蟬故故頻移樹。山月時時自近人。　好鳥未嘗吟俗韻。白雲還解弄奇姿。　稚子相呼入林去。應知病果落莓苔。

惠洪、字覺範、江西新昌喻氏子、屢以事繫獄。嘗責還俗。嘗配崖州。視之若無事然。工詩。古體雄健振踔。不肯作猶人語。而字字穩當。不落生澀。佳者不勝錄。宋詩鈔以爲宋僧之冠。允矣。近體不如也。異在爲僧而常作豔體詩。又嗜食葷。句云魚蝦纔說口生津。

題李愬畫像

淮陰北面師廣武。其氣豈止吞項羽。君得李祐不肯誅。便知元濟在掌股。羊公德化行悍夫。臥鼓不戰良驕吳。公方沈鷙諸將底。又笑元濟無頭顱。雪中行師等兒戲。夜取蔡州藏袖裏。遠人信宿猶未知。大類西平擊朱泚。錦袍玉帶仍父風。拄頤長劍大梁公。君看鞭櫜見丞相。此意與天相始終。

抵段文昌一篇碑文不啻過之。

瑜上人自靈石來求鳴玉軒詩會予斷作語復決隄作一首

道人去我久。書問且不數。聞余竄南荒。驚悸日枯削。安知跨大海。往反如入郭。譬如人弄潮。覆却甚自若。旁多聚觀者。縮頭膽爲落。僻居少過從。閒庭墮鬬雀。手倦失輕紈。扣門誰剝啄。開關忽見之。但覺瘦矍鑠。立談慰良若。兀坐敍契闊。誰持稻田衣。包此剪翎鶴。遠來殊可念。此意重山嶽。悃愊見無華。語論出稜角。爲余三日留。頗覺解寂寞。忽然欲歸去。破械不容捉。想見歷千峯。細路如遺索。相尋固自佳。乞詩亦不惡。而余病多語。方以默爲藥。寄聲靈石山。詩當替余作。便覺鳴玉軒。跳波驚夜壑

次韻天錫提舉

擕僧登芙蓉。想見綠雲徑。天風吹笑語。響落千巖靜。戲爲有聲畫。畫此笑時興。夙習嗟未除。爲君起深定。蜜漬白芽薑。辣在那改性。南歸亦何有。自負蘆圖柄。舊居懸水旁。直室如瓜磬。行當洗過惡。佛祖重皈命。念君別時語。皎月破昏暝。蠅頭錄君詩有懷時一詠。

以上數詩。何止爲宋僧之冠。直宋人所希有也。

句

夜色已可掬林光翻欲流一鈎窺隙月數葉攪眠秋　今夕亦常夕人偏故國思除夕

最先聞杜宇更覺近清明　天下至窮處風煙觸地愁　嶽色墮馬首嵐光忽滿襟

花枝重少人甘老燕子空忙春自閒　臨事無疑知道力讀書有味覺身閒

僧道璨字無文寶慶時人住饒州薦福寺有柳塘外集

和吳山泉萬竹亭

風流不減晉諸賢冰雪精神已凜然歲晚莫教枝葉盛聽他明月下青天

句

天地一東籬萬古一重九